中宣部 2020 年主题出版重点出版物

两根丝

连接一片民族情

唐晓玲 著

作家出版社

目 录

第一章

2006 年，“东桑西移”到广西

王春花是 2005 年到广西象州考察的。

在国家“一带一路”规划中，广西的定位是 21 世纪海上丝绸之路与丝绸之路经济带有机衔接的重要门户。来宾是农业大市，而种桑养蚕，无疑是象州人的“拿手好戏”。2001 年年初，随着国家实施“东桑西移”政策，象州掀起桑蚕生产高潮。

象州建置历史有 2100 多年，县内有古海底迷宫、大乐泥盆系剖面、大梭生态峡谷、七星古榕群，森林覆盖率达 40%。夏长无酷暑，冬短少严寒，一年四季气候宜人。珠江支流柳江河傍城而流，河面宽阔，两岸植被茂密，自古就是黔、桂水上交通要道。象州不仅水资源丰富，自然植被茂密，气候条件也特别适合养蚕，年平均温度在 20.7 摄氏度，每年有 6 个月时间都能种桑养蚕出茧。每年的 4 月到 7 月和 9 月到 11 月，就是收茧最忙碌的时候。

王春花第一次来象州考察，沿着柳江河，一路走过，心里感叹，这真是一块蚕桑宝地啊。陪同她一起考察的两个好姐妹，却劝她考虑周全，毕竟离家乡太远，人生地不熟，少数民族多，老百姓的日子也不富裕。民谚“穷山恶水出刁民”，一旦钱砸进来，什么时候能回本是个未知数。虽然她们的话语间满满的都是苏州人或者说盛泽人的优越感，但也并非没有一点道理。

吴江的历史凝结了深厚的文化底蕴，范蠡、陆龟蒙、柳亚子、费孝通、程开甲（两弹一星元勋），群星璀璨。同里、震泽、黎里是中国三大历史文化名镇，退思园是世界文化遗产，还有中国第一方阵里的经济强镇盛泽。盛泽一个镇，就有两家千亿级的民营企业。

有驴友在网上发帖惊异盛泽人的富裕：几乎家家都住大别墅，特别是在停车场转一圈更受刺激，没有低于 200 万的车呐！

盛泽人在外，一般不会说自己是江苏的，也不会说是苏州的或者吴江的，只会说“我是盛泽的”。被网民戏称为“散装的苏大强”的苏州，不是真的散，而是因为各自都有强烈的打拼欲望，各自风风火火闯天下，各自成长得都很强壮，都是一条好汉，有担当，有作为，所以是看上去散，其实形散而神不散。苏州的 90 后、00 后，特别不理解外省市的人，怎么会羡慕城里人，瞧不起乡下人，苏州有钱的人在乡下，农村户口早就比城市的值钱多了，不信试试，如果你不是嫁到或做女婿到某个村，你的户口无论如何都落不到这个村里去的。

“哪里穷山恶水，都是满眼绿色，山清水秀，种桑养蚕，风水宝地啊！”王春花轻言细语，脸带微笑。可心里并不是平静如水。

蚕桑和真丝绸有着坚强的生命力，几千年来生生不息，不断发展。但是有时也是很脆弱的，因为其产业链太长，从农业、种植业、种子等开始有着一系列的环节，一个环节不畅通就会出现大变化、大波动、大起伏。就蚕茧一项，气候的异常、环境恶化都可能导致其大幅减产，甚至颗粒无收。所以蚕农一旦遭遇灾害，往往下一年就不愿再冒风险，宁愿桑田撂荒，外出打工，甚至就在家闲着，闲着起码不会赔钱，购买蚕种是要花钱的。

“我们可是为你好，你在盛泽什么不能做，做什么不比跑这儿来赚钱容易？”

盛泽自古就有“丝绸之府”的美誉，盛泽镇隶属于苏州吴江区，而吴江则是中国的新丝都。这里有两根“丝”，桑蚕丝和光纤丝。改革开放以来，活跃的民营经济一直是吴江的特色，苏州有一句话：“外向型经济看昆山，民营经济看吴江。”吴江的民营企业有好几万家，其中，有众多民营企业一直专注于“两根丝”。吴江凭借“两根丝”成为江苏省民营经济的领头羊。

“难道你们还不了解我，我不光是为赚钱啊，这里自然条件这么好，东桑西移，把我的华佳搬这里来，扶持这里的农户科学养蚕，想办法让他们脱贫奔小康，过上和我们一样的好日子。”

“觉悟高，先富带后富。但别弄到头，你带不了他们脱贫致富，却把自己弄成个穷光蛋！”

另一位也说：“有钱的人，有本金的人，现在谁还愿意搞真丝绸？真丝绸的生产为什么大幅度萎缩？一个重要的原因就是茧价不稳定，大起大落，缫丝厂无利可图。商家和工厂难以为继。你为什么不转行另寻出路？”

“是啊花姐，丝绸是夕阳产业，有钱的厂，领导叫他们去搞，他们不愿意。为什么？第一，绸厂投资大，一台机子一两百万，就不愿意投；第二，资金占用大，1吨丝要40万元，100吨丝就是4000万元，占用的资金量太大；第三，周转慢，最快3个月才能周转一次；第四，工艺流程长，生产技术要求高，比如操作工，超过40岁，很可能眼睛花了，戴了眼镜，手脚就不灵便了；第五，技术要求高，在这里，你即使投资造了厂，买了好机器，但招不到技术工怎么办？人是第一要素，没人，没技术，你这厂还怎么办？钱不都打水漂了吗？”

两位姐妹苦口婆心，她们对丝绸业都很熟悉，所以说出来的话，句句如重锤一般敲打在王春花的心坎里。

“人往高处走，水往低处流，虽然这里山高水长，地势比我们盛泽高，可经济上是低洼地。担心你踩进泥坑拔不出脚！”

“帮不了别人连累了自己，好心不一定有好报。”

“好心一定有好报，老天爷肯定会帮我！”

"那可不一定！"

"识时务者为俊杰，顺势而为，事半功倍！"

"我打进厂起，35年了，一粒茧，一根丝，年复一年，日复一日，一辈子就这样了，没想过做别的。"

35年前，王春花，包括后来的陈月红她们，把能进缫丝厂工作，当成自己的莫大荣耀。现在丝绸企业利润薄，活儿也累，想招工人都难。

真难啊，不是一般的难。

如果就此放手，转投其他行业，赚钱的机会大把的，但王春花想起进坛丘缫丝厂的那一天，她就下定决心，一辈子和这一粒茧、一根丝结缘了，再不分离，全心全意。任尔东西南北风，咬定青山不放松！

两个好姐妹看她如此固执，只好说："你让我们陪你一起来，我们该说的话都说了，听不听是你自己的事。你可要头脑清醒，不要被别人一忽悠，一冲动，就犯下不可饶恕的错误。钱是你自己的，挣钱是不容易的。"

王春花知道两个好姐妹刀子嘴豆腐心，是怕她把钞票扔柳江河里打水漂了，心里很感激，但她对丝绸的热爱，让她最终还是选择了在象州投资，把"一根丝"做强做好做精做到底，以产业扶持让这里的老百姓过上好日子。王春花不善言辞，但认准要干的事情，就会一竿子插到底，绝不三心二意。她相信国家的政策，相信这里淳朴勤劳的农户。

象州的县委书记和县长又带队赶赴吴江洽谈招商引资，让王春花吃了一颗定心丸。

华佳也正是被这根蚕丝轻轻一牵，跨过了1700多公里，积极助力当地少数民族蚕农脱贫致富，也帮象州完成了从传统农业向现代工业的华丽转身。

翻开盛泽的历史，看到的几乎只有两个字——丝绸，如果把盛泽的历史比作一条河，那么这条长河里流淌的便是丝绸文化，盛泽的历史，就是一部丝绸发展史。

丝绸起源于一个美丽的传说。传说是黄帝的元妃嫘祖发明了养蚕。嫘祖被后世祀为先蚕，历朝历代都有王后嫔妃祭先蚕的仪式。

盛泽镇现仍存有一座建于清代道光七年（1827）的先蚕祠，是目前仅存的祭祀蚕桑文化的祠庙。

每年的小满时节，是盛泽先蚕祠最热闹的时候。这个清朝道光年间修建的丝业公所，每年的这一天都会迎来戏班子轮流唱“小满戏”，期望蚕花娘娘保佑当年蚕茧丰收。

盛泽的先辈曾经创造了“日出万匹，衣被天下”的辉煌，使盛泽这个偏僻的乡间小镇跻身于中国的四大绸都之列。

改革开放以后，丝绸业迅速成为国家的创汇支柱产业。

其时，苏州和盛泽，都迎来了丝绸业重现辉煌的好时光。坛丘缫丝厂在王春花的带领下，不仅新增了设备，还新聘了高校制丝权威专家当指导，丝的产量和质量都有了大幅度的提升。全厂上下，一心一意多收茧，收好茧，为生产高等级的丝备好原材料，为乡里财政收入做更大的贡献，为乡政府修路、筑桥、办学校提供源源不断的资金，成为乡政府实打实的提款机。那时的缫丝厂，谁家不是赚得盆满钵满，但都是为公家赚的，集体办的企业，为集体谋福利是天经地义的。不料，一场“蚕茧大战”铺天盖地席卷而来。

在这场“蚕茧大战”中，王春花当然也是亲历者之一。那时，每当蚕茧收购季节，江浙两地的乡镇干部全体出动，封锁乡镇范围内的所有路口，阻止农民把家里生产的蚕茧卖到其他地方。农民挑着蚕茧到处跑，像过去打游击那样。许多政府机关的工作人员，也放下了手头的工作，投入到这场“蚕茧大战”之中，被领导派去不分昼夜地设卡、巡逻，遇到农民挑着茧子就动员他们到当地茧站卖“爱国茧”，如遇到茧贩就将所收的茧子“充公”没收。

国家经委、监察部、国家物价局和国家工商局联合召开的 1989 年蚕茧收购工作电话会议上指出：1988年丝绸出口16亿美元，当年“蚕茧大战”仅收购蚕茧就使国家损失8亿多元；由于抢茧，不按质论价，茧质下降影响缫丝时少产厂丝9000吨，损失近12亿元。这是见于报端的一年中损失数，当年水货出口和各出口企业的不正常竞争导致的损失——据香港估计为5000万美元——尚未计入。

“蚕茧大战”让王春花意识到了蚕茧采购可能会发生的危机。果然，20世纪90年代末，当地的桑树尽数被砍，几乎没人再种桑养蚕，而没有桑树，就没有了茧源，没有茧源，丝从哪儿来？

如不转变思路，解决原料茧的来源，就无法维持生产，更别奢望可持续发展，唯一的出路是转行，否则只能是倒闭。东吴、振亚、光明、新苏苏州四大有名绸厂有的还是百年老厂都倒了，盛泽17家缫丝和织绸厂也所剩无几。都说丝绸行业太古老了，种桑养蚕只能靠天吃饭，是夕阳产业，望不到一点前途，淘汰是历史的选择，是市场经济的规律。

在那样的日子里，王春花的内心波澜起伏，难以平静。5000年的中国丝绸文化，难道真要在我们这一代人手里消失？王春花到苏州古城内寻寻觅觅，那些与古代丝绸遗址有关的小巷如“织里”，相传是春秋吴王时所设织造锦绸的场所。当年西施的罗衣、罗扇，与吴王乘坐的锦帆，肯定就是在这里织造的。还有祥符寺巷内的机神庙，又称轩辕宫，创建于宋代，清代为云锦公所、丝业公所所在地，这里当年该是多么繁华热闹。织造署遗址现在是苏州十中的西花园。康熙、乾隆都曾6次下江南，凡到苏州，都驻跸织造署。真是风水轮流转，这些古代与苏州丝绸最有关联的地方，现在已不见蛛丝马迹。丝绸真的穷途末路了吗？王春花心里有一丝一丝的痛，更多的是不认输、不服气，她第一次悄悄地下了决心：决不能让苏州丝绸这块几千年历史的金字招牌，在我们这一代消失。

延续绸都盛泽的丝绸产业，是王春花这辈子最神圣的使命。

2006年，王春花在国家西部开发战略提出的“东桑西移”政策的引导下，在广西采取“公司+茧站+农户”的方式，将产业链又向前延伸到种桑养蚕，这样做保证了优质蚕茧的长期供应，为企业的长远发展打下了基础。产业的发展是实现脱贫的根本之策。增强贫困地区的造血功能、帮助当地群众就地就业的长远之计就是产业扶贫。产业扶贫是增加贫困农户收入的有效途径，也是国家扶贫开发的战略重点。

东桑西移，到广西象州来进行产业扶贫，帮助少数民族地区的农户脱贫致富，是共产党员王春花的自觉行动，也是一个有良心的民营企业家的家国情怀。

很快，王春花就拍板在象州镇鸡沙村湾田屯买了67亩地，用于建造一个规模20组自动缫丝生产线、年产可达600吨白厂丝的大型缫丝厂。

不久，又在马坪乡马坪村购地36亩，建设一个具有年产30万张蚕种生产能力的蚕种场。

她要把华佳的蚕桑基地和白厂丝基地放在象州来发展，从育种、养蚕、收烘、缫丝、捻线到印染、织造，再到服装、出口一条龙，完善集团的产业链。

柳江河畔的这方风水宝地，成了王春花梦想中的“五亩园”。

“你看，这河里夕阳和落霞的倒影有多美，成对的野鸭和天鹅，还有驮在它们背上的鸭宝宝、鹅宝宝多可爱。”姐妹们再一次来到象州华佳时，会情不自禁地感叹。

王春花的办公室，就在二楼，站在走廊上，前面是连绵不绝的青山，四季苍翠，鲜花欲燃。雨天，呈现着一派烟雨蒙蒙的景象，有一种空灵温润之感，似可闻烟雨中隐约传来的鹧鸪声与落花流水声、耕于垄上的吆喝声、蚕宝宝蚕食桑叶的“沙沙”声……面对这美丽的画面，你一定会想起“雨里鸡鸣一两家，竹溪村路板桥斜。妇姑相唤浴蚕去，闲看中庭栀子花”和“绿遍山原白满川，子规声里雨如烟”这类的唐诗宋词来。

柳江河四季绿如蓝，美得就像一幅画。

广西华佳的厂房，与村委会相距仅百米。依着柳江而建，在青山掩映下，占地百余亩的广西华佳厂区显得格外整洁、有序。

走进华佳生产车间，一条从茧到丝的“进化”线呈现眼前：选茧车间里，每 4 名年轻女工坐镇一条生产线，将收来的茧子筛选出不同等级；煮茧车间里，升腾的雾气中，被煮过 10 多分钟的蚕茧变得透明、柔软；随后，便是最为关键的缫丝环节，随着女工们灵巧的双手上下翻飞，蚕茧中抽出一根根细细的丝来，最优质的蚕茧，一个茧子能抽出的丝达上千米；细细的丝再进入 42 摄氏度的复摇环节，蒸汽烘干后，就基本成型了；经过编丝、绞丝等一些工序后，这些丝就可以运往苏州织造、印染、制衣了。

但一开始到象州，因干旱少雨，气候无常，加上地方上蚕种发放并不规范，让蚕茧的质量有很大的波动，茧丝洁净比较差，严重影响了缫丝效率，生丝质量很难提高。

“该到我们这一代丝绸人来解决桑蚕产业的效率问题了”，王春花看到了传统种养模式的艰辛和低效，大胆地提出走“规模化、集约化”的发展道路，让桑蚕从夕阳产业变为朝阳产业。

王春花把华佳的骨干叫到了一起，白天上工搞生产，晚上集中搞研究。有人提出，是不是可以建几个触蒸房，利用房蒸，通过煮茧前处理来改善这些缺点。

王春花说：“那就马上干！”

触蒸房建造时间需要近 1 个月，她实在等不及，就自己带着广西的蚕茧跑回苏州盛泽做实验。房蒸需要 40—50 分钟，她守在门口。然后煮茧、缫丝、落丝，她又守了 8 个小时。实验结果出来了，茧的清洁、洁净、汤茧率都有了明显的改善。

广西的触蒸房 1 个月后建成，生产过程中，煮穿茧和索穿茧大为减少，原料消耗大为降低，出丝率大为提高。2009 年 11 月 20 日，触蒸房通过国家知识产权局发明专利授权。

在创建完整产业链的过程中，华佳突出打造两大核心竞争力。“坚持科技研发，保持行业的领先水平是先决条件”，王春花说华佳先后与苏州大学、南京航空航天大学、东华大学等科研院所紧密合作，分别成立集团技术创新中心、江苏省茧丝改性与加工工程技术研发中心，设立了国家星火丝绸密集区博士后工作站，为种桑、养蚕到产品开发利用，提供了有效的科研保障和技术支撑。有了稳定的茧料来源，坚持科技研发和内部的严格管理，广西华佳脱颖而出。

广西华佳的到来给当地带来了什么？从华佳会议室满满一墙的奖牌上能看出一些端倪：“来宾市农业产业化重点龙头企业”“国家自治区科技富民强县桑蚕项目象州县示范企业”“广西农业产业化重点龙头企业”“象州县经济发展十大功臣”……在广西象州，王春花以“公司 + 茧站 + 农户”的模式，实行订单农业模式，新建现代化缫丝厂，解决了当地 600 余农民的就业问题，上万农户受惠得益。带动当地 20 万亩土地种桑养蚕，农户年均收入增加 5—8 万元。

王春花的桑园梦终于在柳江河畔实现。

“我是赶上了改革开放这个创业的好机遇啊！这个时代让我们大胆做事，如果没有小平同志‘发展才是硬道理’的鼓励，就没有今天的‘华佳’。”

王春花说，只有创新才能不断地摆脱旧的束缚，才能去争取新的发展，墨守成规只能作茧自缚，被市场所淘汰。“东桑西移”，又一次让王春花抓住了机遇，百年华佳因此而起死回生，夯实了百年发展的根基。

广西的山水田园给华佳提供了广阔的舞台，华佳也为这里每年提供 1 亿收茧资金，解决近千名人员就业，带来先进的技术设备和管理理念。

但刚进入这里，困难还是超乎想象。

刚来时，江苏吴江和广西象州人的理念，特别是机关的工作作风真的差距挺大。一件事情，在吴江可以分分钟搞定，在这里研究研究可让你等上十天半月，甚至半年。

有时难到想就此罢手，但从骨子里对丝绸的热爱，内心深处要扶一把贫困地区农户的信念，又让她百折不挠地坚持下去。

一切程序终于艰难地走完了，批文到手，有了土地，要盖房子、买设备、招工人、购原料茧……千头万绪，王春花分身乏术，没有得力的人来独当一面，是运转不起来的。

樊文华、邓利明、何金华从盛泽总部被陆续派到这里开展工作。樊文华负责新厂的筹建和管理。邓利明负责广西工厂的技术管理工作。何金华负责蚕种场的创建和管理工作。

后来陈月红又被派来广西工厂。陈月红跟随王春花多年，在坛丘、平望，江西益阳，苏北淮安、大丰都做过，虽不善言语，但能吃苦，肯花心思，敢啃硬骨头。

王春花奔跑在苏州、广西、云南、北京、香港地区等地，一年四季，她从没想过要停下来好好休息一下，虽然已过了花甲之年，但她的工作日程都是排得满满的，不给自己喘口气、停一停的时间。其实，多年的操劳，已让她的心脏、膝关节等处不适。在苏州本部，办公楼安装了电梯，行走上楼都不成问题，但广西华佳的办公楼没装电梯，每每上二楼的办公室，她都要双手扶着楼梯，一步一挪、一步一挪地艰难攀登着。跟随她的人看得心酸，有时忍不住背过身去，偷偷拭泪。

董事长这一路走来，太不容易了。陈月红想去搀扶一下，王春花说不用，我自己扶着慢慢爬。

这是她人生的真实写照。

再苦再难，她也不忘初心，一路攀登，再攀登，永无止境。因为，每攀登一步，就离那个心中的梦想近了一步。

第二章

万企帮万村——为者布村寻找脱贫“良方”

吴江的“两根丝”，一根是传统的蚕丝、棉丝、化纤丝，丝绸纺织产业；另一根是电缆丝、光纤丝，电缆光缆产业。

崔根良与这“两根丝”有着不解之缘。

20世纪80年代初，崔根良临危受命，担任濒临倒闭的吴江七都丝织服装厂厂长。亨通集团老员工谭建章回忆，当年崔根良与员工们一起奋战在生产一线，24小时连轴转，还常常亲自外出跑供销。几个月后，丝织服装厂扭亏为盈，净利润达60多万元。

之后，崔根良又到当时投资最大但亏损严重的乳胶手套厂当厂长。他与技术人员一道研究产品，陪着工程师几天几夜研修设备……不到半年时间，再次扭转乾坤。

可好景不长，一场国际经济危机与市场整顿，乳胶手套厂倒闭了。

出路在哪里？崔根良夜不能寐。

经过细致调研与分析，创办在全国尚处于起步期的电缆光缆企业。改革开放40多年来，民营企业多是各领风骚三五年。崔根良却历经30年披荆斩棘，把一个濒危的乡镇农机厂发展成拥有全资及控股公司70余家、上市公司3家的集团公司，而且一路向前，始终屹立在行业前端和潮头，成为“大国重器”。

亨通与德宏结缘于2010年中华慈善总会发起的“为了我们的孩子——

1000 名少数民族贫困家庭先天性心脏病儿童救助行动”，本次救助活动是亨通慈善基金会与中华慈善总会合作项目，是针对我国 0 至 14 岁少数民族地区贫困家庭患先天性心脏病儿童发起的一项慈善救助行动。儿童来自云南德宏州和普洱市两地贫困少数民族家庭，前期云南省委宣传部配合中国人民解放军空军总医院专家到两地筛选确诊，共安排 100 名儿童到北京手术，费用由亨通捐助。

2013 年 3 月 12 日是 12 届全国人大一次会议大会休会日。上午，崔根良陪同时任云南省委副书记、省长的李纪恒，中华慈善总会副会长、军委空军政治部原副主任、少将邓铜山一行来到解放军空军总医院看望接受亨通慈善基金会救助治疗的云南省 30 名少数民族先天性心脏病患儿。据了解，先天性心脏病儿童于 5 日抵京，在解放军空军总医院接受治疗。

先天性心脏病是危害儿童特别是婴幼儿健康与生命的残酷“杀手”，发病率达到 7‰。

然而，一个先天性心脏病的手术需要 5 万到 10 万元，上述患病孩子中的 2/3 因家庭困难无法接受适当治疗，不少贫困家庭，为了治病几乎花光了家中所有积蓄，甚至到处借债。还有不少家庭甚至不知道孩子患有该疾病，延误了最佳的治疗时间，使孩子丧失生命或造成终身残疾。其实只要接受及时的手术治疗，他们完全可以和正常孩子一样健康成长。亨通慈善基金会的慷慨捐赠，让先天性心脏病患儿有了康复的希望。

崔根良在医院看望先天性心脏病患儿的同时，表达了对孩子们的诚挚问候，预祝他们早日康复，并表示企业在注重自身发展的同时，也要承担社会责任，回报社会，慈善事业责无旁贷。亨通慈善基金会得到中华慈善总会的重视和关注，愿意在这个平台更好、更规范、更常态化地做好慈善事业。“有了孩子就有希望，有了希望就有未来！”崔根良表示本次慈善资助活动将进一步深入开展，争取让更多的患儿得到及时救助。

探访即将结束，一名傣族小姑娘唱起了《感恩的心》，在场的人都轻声地唱了起来，歌声在病房中回荡……

6年后，崔根良带着徐飞华又一次来到德宏考察扶贫工作。

徐飞华说，这些年我走过大江南北，看到了形形色色不一样的贫困，也对扶贫帮困工作有了更深的认识。在云南德宏，我第一次感受到了少数民族同胞的热情；在贵州黔西南，面对更像是垃圾堆放场地的居所，我情不自禁地惊呼过“这是住人的地方吗”；在贵州铜仁，村干部带领大家脱贫攻坚的热情使我敬佩；在江苏泗洪，我和村干部畅聊民生事业发展，并很快付诸行动；在家乡吴江，贫困学子的向学精神令我感动……我体会到了许许多多不一样的情绪，但也坚定了一个信念：贫困，一定要被消灭。

德宏与缅甸毗邻，生活着傣、景颇、阿昌、德昂、傈僳5个世居少数民族，是古代“西南丝绸之路”的必经之地，现今更是“一带一路”的重要一环和面向南亚、东南亚辐射中心的关键节点。一寨两国，荡个秋千就能到缅甸，隔着栅栏就能与缅甸人说话。郁郁葱葱的凤尾竹、苍茂的菩提树和成排的火龙果树构成了大自然的底色，而无处不见的金色佛塔、大象还有孔雀的点缀诠释的是南传佛教在这里的盛行。

不过，由于受到地理环境、民族文化、教育等多方面因素的制约，德宏的脱贫攻坚工作面临着贫困范围广、程度深、返贫率较高等问题。

活动时间只有短短三天（除去来回的两天，实际只有一天），“加之我尚未真正进入‘扶贫攻坚参与者’的角色，因此德宏之行对我来说更像是一次由领导带队参加的‘社会实践’，我对当地浓郁的少数民族风情感到新奇，对秀美的风景感到沉醉，对如何在当地开展扶贫协作却没有进行多少思考”。

回到吴江后，崔根良让他对德宏之行做总结。徐飞华搜肠刮肚，也没总结出所以然来。老板虽没批评，但沉默就是督促，“对脱贫攻坚工作，我确实还有很多需要学习和探索的地方：基金会已经开展的工作，如圆梦助残行动、助学行动，我需要继续做好；未来需要开展的工作，我需要提前谋划。总而言之，脱贫攻坚是一项延续性和系统性都很强的工作，绝不能在我这里掉链子”。

很快，第二次实践机会就来了。

2016 年，响应全国工商联提出的“万企帮万村”精准扶贫的号召，亨通集团与贵州黔西南布依族苗族自治州晴隆县光照镇者布村结成了扶贫对子，决定在当地进行产业扶贫。为了确定发展何种产业，徐飞华于同年 11 月前往者布村进行了实地考察。这是他第一次独立开展扶贫考察工作，他说：“对我以后的工作产生了深远影响。”

晴隆县位于黔西南部东北角，域内多山。出发前，在徐飞华的想象中，晴隆应当与德宏相差不多，山环水绕，鸟语蝉鸣，草木花香，是个风景秀美的地方，但当到达兴义机场、坐上前往者布村的车辆后，他说发现想错了。

一路都是盘山公路，弯弯绕绕，边上就是悬崖峭壁。会车时，车子紧贴路边行驶，山下风景更是一览无余。举目所见，皆为一片荒凉，连片的山体见不到几棵树木，都是裸露的石头，很多都已沙化，唯有零星几片野草——这是一个自然条件比较恶劣的地方。者布村属于深度贫困村，距县城 23 公里，距镇政府 20 公里，辖内 14 个村民组，居住有布依、回、黎等民族，全村总人口 997 户 4068 人，共有贫困户 308 户 1358 人。

越靠近者布村，道路条件越差，坑坑洼洼越多，碎石路也开始一段接一段。颠簸许久，进入村内时，徐飞华不觉松了一口气。

“负责接待我们的是者布村村委会主任李兴品，他带着我们查看了村里的一些产业项目。”烤烟、小麦为该村主产业。“路上，我仔细留意了房屋样式与居民生活情况。和苏南建筑必粉刷外墙不同，者布村内的大多数民居的砖头多裸露在外，偶有一两家粉刷了水泥的，那是村内生活条件相对较好的人家。”

进入拜访几户“砖头房”人家，可见屋内无多少装修，近似于普通认知中的毛坯房。陈设上，仅以电视机而论，也不是家家户户都有，遑论其余大型家电。

而能住上“砖头房”，条件已不算差。考察中，一处放羊人的住所给徐飞华留下了深刻的印象。走到该处“建筑物”前时，他并没有意识到这是一户民居，毕竟它除了有一扇门，更像是一个用水泥砌成的集装箱。

“这是你们村里堆垃圾的地方吗？”徐飞华问了这么一个问题，心想村庄经济条件虽然差，但在环境治理方面却没有落下。

“这是一个放羊人的家，你可以进去看看。”村干部对他说。

“这真的不是堆垃圾的地方吗？”徐飞华实在有点不敢相信，重复了一遍。

“进去看看。”村干部对他说。

带着疑问，徐飞华随村干部走进了这个水泥“集装箱”。他看到，屋内一张姑且可以算作床的物体上放着被褥，一根横撑的竹竿上晾着衣服，地上摆着一个火炉，火炉边是满满一脸盆的白菜。

在他的惊愕中，村干部再次对他说：“这就是牧羊人住的地方。”

徐飞华惊呆了，深深震撼于这种贫困，第一次感到自身责任之重。他说再也不忍看其他更贫困的人家，选择直接去项目现场考察。

者布村为他们这次考察筛选出了几个项目：养鱼、养猪、种植、面条制作。在实地考察了项目后，他们和镇村干部进行了座谈，就支持何种产业发展进行了交流。考察团一致认为，“输血不如造血”，培育增收产业，让产业拥有源源不断的产出才是长久之计。者布村现有的产业经济效益较差，且不能长远发展，需要另寻“良方”。

考察团最终定下的，是帮助者布村发展食用菌种植产业。回到吴江后，很快就制订了相关方案，决定采取“基地＋合作社＋农户”的模式运作食用菌种植项目。亨通慈善基金会投入资金200万元，项目资金及产权归光照镇扶贫开发有限责任公司，由公司根据实际需要委托晴隆县振农养殖农民专业合作社负责项目的具体实施。贫困户不参与项目的管理，年底参与分红。

产业发展是农民增收的基础，也是农业增效、农村发展的重要保障。

“要让贫困户拔掉穷根，必须增强造血功能，培育其自己的支柱产业。”光照镇发展食用菌生产的资源优势明显，经有关专家认定，这里的气候资源适宜多种食用菌生长，特别是昼夜温差比较大，有利于盛产优质食用菌。

虽然是脱贫攻坚项目，但技术团队与施工团队融合在一起，共同规划每一个细节，拥有了软硬件相匹配的核心竞争力。贫困户通过土地流转、基地务工、效益分红等模式获得收益。食用菌种植周期短、见效快、风险小，技术操作容易、劳动强度不高、辐射带动性强。

“者布村选择食用菌产业作为致富产业是选对了路。”让村民们更惊喜的是，食用菌基地的发展内容却不只是食用菌，还涵盖了深加工和观光旅游。依托一产，联动二产，催生三产。推动食用菌产业发展的过程中，光照镇的思路清晰，“野心”不小。光照镇着眼长远规划和近期目标，对该基地提出了农旅一体化发展目标，实现园区景区化目标，打造脱贫攻坚示范样板点。

在食用菌产业发展中，光照镇把扶贫与扶志、扶智相结合，把产业发展与农民职业技能培训相结合，充分调动每个贫困群众的内生动力。食用菌产业，已逐渐成为者布村群众的脱贫产业、致富产业。

“村里资源丰富，各方面条件也在完善，我们更有理由和信心充分利用好资源，让每座山都有产业，让每片地都有产业，让者布村发展得更加美好。”这是村委会主任李兴品的希望，也是其他者布村干部们所想。

者布村利用亨通帮扶的200万元资金，采取“公司+合作社+农户”模式，大力发展食用菌种植，搭建大棚12个，与贫困户签订利益分配协议，带动贫困户212户896人发展，项目产生效益后按实施方案规定每年给贫困户分红，户均增加收入2240元；者布村还整合贫困户原有经果林400余亩，继续巩固发展，助农增收，支撑脱贫。徐飞华说，目前，项目已经释放出了良好的经济和社会效益。

“今年是脱贫攻坚决战之年，老百姓脱贫致富的愿望强烈，我们干部将抓紧做好规划，抓好产业的发展，推动扶贫资源优化配置，让产业开花结果，让群众如期脱贫，增收致富。”者布村第一书记刘安应如是说。

“我至今记得从者布村回来后，对当时刚上初一的女儿说的话：你要珍惜现在的生活，努力学习，让自己以后能帮一帮那些需要帮助的人。”徐飞华说这次扶贫项目给他留下深刻印象，让他觉得基金会的钱一定要落到实处，像崔根良所说：“用到老少边穷地区最需要得到帮助的地方。”

者布村于2018年年底已退出贫困村，村集体经济收入达394万元。村民奔小康的劲头越来越足，向往富裕生活的心情越来越迫切，劳动致富的愿望越来越强烈。“要让被帮助的人得实惠，要让企业的社会价值得以体现。”崔根良语重心长的叮咛时常萦绕在徐飞华脑海里，他说我要把这份工作做好做扎实。

贵州黔西南者布村的食用菌种植项目正式运行后，晴隆县县委常委、副县长徐欣，者布村第一书记张鸿浩也曾专程来到亨通集团，向他们反馈了项目推进情况，以及下一步的工作规划，并请他们提出宝贵意见，也带来村民们真挚善良的祝福，祝愿亨通事业兴旺财源滚滚，祝愿好人一生幸福平安。

脱贫攻坚，先富带后富，大家一起往前走，祖国的明天更美好。徐飞华说：这不是唱高调，这是我这些年来的实践体会。

第三章

春花怒放——大凉山，我们没白来！

盛泽地处太湖流域南岸，湖荡密布，河港纵横，沃野平畴，是天然的种桑养蚕宝地。史料记载，三国时期的盛斌将军在盛泽筑圩、屯田并繁衍子孙的时候，盛泽就已经开始了栽桑、养蚕、缫丝、织绸的辛勤劳作。

到了唐代，这里的丝绸生产形成了一定的规模，吴江成为重要的丝绸产地。当时隐居于吴江的文学家陆龟蒙写下了“桑柘含疏烟”“处处倚蚕箔”“尽趁晴明修网架，每和烟雨掉缲车”的诗句。明代正德《姑苏志》记载：“绫，诸县皆有之，而吴江为盛。唐时充贡，谓之吴绫。”到了元代，虽连年战争，吴江的蚕桑生产仍然有着相当规模。

《马可·波罗游记》里，记叙作者从苏州到吴江，然后从吴江再到杭州，一路上看过来，他认为吴江生产的生丝和绸缎，是最好的。他还看到把丝绸运到大城市去销售的景象，他还采访了很多商人和手工艺人。冯梦龙《醒世恒言》第十八卷，讲了一个名叫施复的盛泽人行好事获好报，养蚕织绸发家的故事。他说盛泽当时的绸市，贸易非常地繁华。市河两岸各种丝绸牙行千百余家，四乡农民织成的绸匹，都要拿到这个市场来卖。外地客商都要到盛泽来收绸。“蜂攒蚁集，挨挤不开。”

盛泽丝绸业在清代更为兴盛，外地的绸商蜂拥而至，顺治至嘉庆年间，先后有 8 所会馆在此落户。这种现象被专家视为“全国所罕见”。

1910年在意大利举办的都灵博览会上，盛泽送展的绸样获最优等奖；1915年在美国举办的巴拿马博览会上，盛泽丝绸又斩获多枚金牌和银牌。

历史跨入20世纪80年代，盛泽力压苏、杭、湖，有四大绸都一枝独秀、独揽外贸创汇之大头的雄风。苏州跟你是一家，杭州湖州岂能容你一家独大？

著名的“蚕茧大战”由此鏖战不休。

“蚕茧大战”围绕原材料价格的上下波动而周期性地爆发，是一条走不出的断头巷。对生产者来说，茧价的大起大落，让其承担的风险成倍地增长。

“蚕茧大战解决不了问题，无论以前还是现在，都是只有输家没有赢家。这样的事情不能再继续下去了。”

王春花要另寻出路。

从1986年开始，王春花就开始到四川大凉山去购买茧子。

王春花怎么会想到去四川大凉山去买茧子呢？

那时费孝通、金佩阳等学者前来厂里考察指导，费达生、项志生、杨志超等老一辈缫丝专家也来厂里悉心传授经验，并助力升级设备、提升工艺技术。1983年中国丝绸总公司的几位蚕丝专家来吴江乡办厂调研，在坛丘缫丝厂调研时，年轻的王春花给他们留下深刻的印象。她人忠厚实在，脑子灵光肯钻研，敢拍板敢挑担子，胸怀大志，眼光超前，是丝绸行业潜在的一株好苗，也许将来能长成一棵擎天大树，撑起丝绸业的一片天。这其中有位高级工程师叫项志生，不仅亲自给坛丘缫丝厂的干部职工讲课做示范，还联系聘请了高校的专家驻厂教她们学技术，后来还介绍她们去四川凉山买茧子。

大凉山在四川省西南部，东连宜宾，南接渡口，西南隔金沙江与云南相望，西北同甘孜州接壤，东北毗邻雅安乐山地区。项老说那里山陡水湍，空气洁净，日照时间长，桑叶长得又肥又厚，喂养的蚕宝宝又白又胖，结成的茧子一粒粒鸽蛋那么大，茧丝可拉长到1300米到1500米。王春花一听，高兴得差点跳起来。现在厂里立缫车已由 80 台扩充到 160 台，又新增了一台 120 双龙木煮茧机，工人技术熟练程度不断提高，厂里设备不断增加，但当地的原料茧有限，越来越供应不上。苏北如皋的茧子也只能用人家剩下的，数量没保障。如果能去四川凉山买到如此好茧，那还愁打不赢不断升级的“蚕茧大战”吗？

王春花说干就干，带了吴兴华去凉山买茧。

1986 年 11 月 3 日，王春花与吴兴华从上海虹桥机场飞往成都双流机场，飞机落地后，马不停蹄赶往火车站，然后又乘坐 311 次由成都开往西昌的列车，一夜颠簸，到西昌时已是第二天早上的 7 点半。这里却还像苏州地区的三四点钟，天还没亮。他们下车后，看到车站人很少，而许多人身上披一条羊毛“达尔娃”（毯子），蹲在树底下或者屋檐下闭目养神打瞌睡。王春花和吴兴华感到很好奇，吴兴华的舅舅项志生却低声对他们说：“不要这样，这些人是少数民族彝族，这是他们的生活习惯，晚上不睡在床上，就是这样睡觉的。”

在西昌稍事休息，王春花和吴兴华又骑马去礼州茧站看茧子。因当时那里交通十分不便，山上山下没有班车没有路，只能靠马做代步工具。王春花和吴兴华都不会骑马，由西昌农业局的两位同志骑马带着他们。山路崎岖难行，马喘人累，两个多小时后，终于抵达礼州茧站。这里售茧蚕农都是骑马，马背上带有竹筐，竹筐中装满茧子，他们都是从很远很远的山里来到礼州茧站，路上行程要经过一天一夜或两天一夜。晚上“达尔娃”一披，蹲在山洞里，洞口点一把火，等到天亮再赶路。王春花和吴兴华看到茧子兴奋不已，粒粒鸽蛋那么大，色泽洁白光亮，但烘茧技术太原始，茧灶是土灶，一烘往往就烘老了。回到西昌，他们把情况如实向项志生高工汇报，因为他正在冕宁缫丝厂参观指导工作。项高工对西昌农业局的同志说，可请苏州来的同志打茧灶传授烘茧技术。王春花自然满口应允，并提出请西昌每年能够供应坛丘缫丝厂 50 吨到 100 吨干茧。双方几轮摸底切磋，同意签订 5 年期合同。西昌方面同意每年供给坛丘缫丝厂 100 吨干茧，价格也较优惠，但供茧的地方安排在会理和会东两个县。

西昌到会东、会理隔一座海拔3000多米的毛牛山，人烟稀少，山陡水急，别说公路，连3尺的平路也没有，不到100米就是一个弯道。没有汽车，只能坐农用拖拉机上山。拖拉机在山路上弯来弯去，刚转3个弯又是1个急转弯，把人颠得快要掉下去。突然，拖拉机停下了，拖拉机手悄悄跟他们说："你们别说话，前面有一条大蟒蛇！"只见一条十几米长、水桶般粗的大蟒蛇，在拖拉机前盘旋而过。

惊魂甫定，转一个弯时，山上又飞下来几块猪头那么大的石头，差一点就打在他们头上。刚庆幸死里逃生，天空中突然乌云翻滚，雷声轰鸣，狂风暴雨说来就来。

过一会儿，雨停了，他们的拖拉机又出发了。盘山土路，曲曲弯弯，朝上看，壁立千仞；朝下看，万丈深渊。大约走了1个多小时，拖拉机进入了万亩竹海之中。竹林里阴沉沉的，各种鸟雀的叫声夹杂着狼的嗥叫，令人听了毛骨悚然，浑身起鸡皮疙瘩。陪同前去的西昌丝绸公司的老杨讲，这竹海在解放初时常有土匪出入，这里是二万五千里长征红军经过的地方，是刘伯承元帅同彝族首领小叶丹歃血为盟的地方，也是三国时孔明七擒孟获的地方。杨科说再过1小时就到会东县了，这句话让王春花他们感觉心情好多了，精神头也一下足起来了，下面的路好像都平多了。由于刚刚下过雨，山里起了一层薄雾，远远望去，像仙境一样。鸟在石榴树上叫，这儿的石榴比斗大。鸟儿长一声短一声地叫着，把雾蒙蒙的天空撩开一道湛蓝湛蓝的缝，阳光从缝里钻出来，像一支支金箭挑开灰色的纱幔，蓝天一碧如洗，群峦叠嶂，数不清的各种鸟啼声汇聚一起，有的像小号，有的像长笛，有的像擂鼓，有的像吹埙……大一放晴，狼嗥声也没有了。

经过10多小时的山路颠簸，日落时王春花和吴兴华终于到达会东县蚕茧公司。"会东桑叶大如席"，会东的茧子像鸽蛋那么大。王春花太惊喜了，她说，我们没白来啊！

20世纪80年代，王春花去四川大凉山寻找茧源，在大山深处，她亲眼看见了彝族同胞极端穷困的生活实景：一间草棚里挤着一家5口，没有床，没有尿桶。5口人只有3条裤子，出门轮流穿，不出门时腰间围块破布兜遮羞。没有灶，没有锅，连吃饭的碗也没有。孩子瘦得皮包骨，有病的老人像一株枯草，风一刮，说没就没了。王春花把身上所有的钱都留给了他们，能留下的衣服也留下了。下山时，她一路哭，想到孩子那天真无邪的眼睛，老人气如游丝的病体，她忍不住放声大哭。

同去的人安慰她，大凉山彝族就是这样生活的，他们祖祖辈辈在这里生活了几千年了，你不必如此伤心。一方水土养一方人，他们适应这大山里的生活，没有你想象的那么苦。

王春花怒了："你胡说，这不是他们想过的生活。"

"那你怎么办，国家都没办法改变的事情，我们能改变吗？"

"能！"

"厂长你太年轻太幼稚了，你看这茫茫林海，大山深处，有多少户这样的贫穷人家，你帮得过来？"

"帮一户是一户。"

王春花先后帮扶四川大凉山30余名少数民族贫困蚕农的子女，从小学念到了大学。如今这些大学生就像她自己的儿女一般，逢年过节，不忘给苏州妈妈拜年发信息，自己有了什么高兴的事、烦恼的事，都会向苏州妈妈倾诉。比自己的女儿还亲。

女儿小时候是爷爷奶奶带大的。每逢王春花出差回来，她到哪里，这小囡就跟到哪里，嘴里一直嘀咕："要妈妈，要妈妈，要妈妈！"那一刻，王春花甚至暗暗下了决心，从此再也不能丢下女儿不管，哪怕辞了厂长，也不能丢下女儿，毕竟女儿只有一个。可是，过两天，厂里的事情千头万绪，几百名职工，几百个家庭，几百个像囡囡一样的娃等着父母挣工资回家过日子，上学读书，看病就医，哪一样少得了钱呢。大家与小家，孰轻孰重？狠狠心，王春花又出发了。

王春花的女儿俞金键至今还记得：那一天，她看到妈妈从大凉山回来那臀部红肿的样子，磨破了，流血，灌脓，她躲在爷爷奶奶的房间里，哭了。很长时间妈妈都无法坐着吃饭，睡觉也是侧身躺着。她才知道，妈妈不是出去玩，妈妈是工作，吃尽千辛万苦，跑遍千山万水，办厂为的是大家能过上好日子。

妈妈流着泪对她说，山里的孩子太苦，我希望你不要像他们那样苦，能读书，将来考大学，能有一份好工作。

妈妈把对她的爱，也放在别的穷苦孩子身上。

到广西办厂，虽然资金也不是十分宽裕，她还是坚持投资了华佳希望小学。让那些身处穷乡僻壤的穷苦孩子，不因交通不便而失学。天下的妈妈都是一样的，再苦再累，为了下一代能过上好日子，心甘情愿，无怨无悔。

她上初中后，妈妈再忙，只要在坛丘不出差，就会经常做好吃的给她送到学校去。妈妈希望她刻苦努力，考上高中，考上大学。她虽然有时候还会冲动、任性，做一些无厘头的事情，但她不再像小时候那样惹妈妈生气，让妈妈失望。她与母亲的关系越来越融洽。

俞金键在英国留学时，在学校努力读书，还拿下奖学金，把攒下的钱给爸爸买了手表。她和大部分的留学生一样，在餐馆、电影院、超市打工。在假期期间，陪着母亲去欧洲拜访客户。

王春花觉得花钱让女儿出国留学是值得的，不仅能学到知识，还能见世面，长见识。女儿智商高，情商欠缺，容易上当受骗。

这样的担心，让王春花心里老是不踏实。

别看女儿大大咧咧什么都不在乎的样子，其实是个特别有主见心思特别细腻的女孩儿。

王春花的心里，其实也有痛。女儿在异国他乡遇到了心爱的人，因为地域，因为是独生女，家里人违心地让女儿与男友分手。

女儿最终选择了与母亲共担“一根丝”做到底的事业。

女儿虽然也不是样样事情都听话，但贴心，知道妈妈不容易，做事肯吃苦，脑子又活络。举贤不避亲，王春花让女儿在公司锻炼，从基层做起，从销售做起。销售是最锻炼人的部门，能把销售做好，在公司就等于有了半壁江山。

王春花三天两头要出差，以前跑四川跑苏北，现在跑广西跑云南，常常一待就是十天半月的。企业要继续做下去，“一根丝”要交给有韧性、有毅力、有眼界的年轻人来传承。

丝绸，让王春花与女儿之间有了更多的相互理解、相互关爱、相互体贴、相互往上行的动力。

俞金键最不愿意做的事情，就是随波逐流。她不想活成别人定义和标准下的女孩儿，只愿意活成自己想要的样子。世俗定义的成功千万种，而活好了自己才是最大的意义。

她说你只属于自己。

“看着别人的成功，很光鲜，其实没那么简单。梦想每个人都有，能够坚持下去的才是成功的人。”

能够坚持，是因为心中有一份大爱。

现在，俞金键还常常回到母亲当初创业的老厂房里，在那探寻着不断前行的动力。这份创业的初心，就是她童真的模样。那里绿树成荫，那里鲜花开放。那里有一棵百年的桑树王，那里的红砖小楼，小河小桥小花园，都带着年代的痕迹，带着母亲的青春年华，和她满满的幼时记忆。

她越来越像母亲，追随母亲的脚步，丈量西部山区的桑园田陌，与种桑养蚕的农户，与缫丝织绸做服装的女工，谈得越来越投机。

王春花的一根蚕丝，将华佳的命运，与川西大凉山紧紧连接在了一起；而吴江的另一根丝，亨通光纤丝，则在与会东县仅隔一条金沙江的云南树桔村捐资 1000 万，创造了树桔村红色文化长效脱贫新模式。

第四章

用光纤丝的神奇创造树桔村长效脱贫新模式

坐落在金沙江岸的树桔是一个很有特色的村子，几十户人家的住房绝大多数夯土为墙，青石板为顶。渡口上面几百米高台上，原有一座两百多平方米的四合院，是老船工饶树清、饶树标家的住宅，红军渡江时成为军团长罗炳辉、政委何长工等军团领导的渡江指挥所，后来辟为红军渡纪念馆，1985 年成为云南省级重点文物保护单位、省级爱国主义教育基地。

房子正前面碑石上记载："1935 年 5 月初，中国工农红军第一方面军第九军团，在罗炳辉军团长、何长工政委的率领下，于此巧渡金沙江。"距这块碑石不远处的另一块方柱形碑石上写有"金沙江树桔渡口"，有红九军团政委何长工题词"巧渡天险，威震敌胆"，红九军团政治部主任黄火青题词"树桔红军渡"。

指挥所坐东向西，面积共 268 平方米，原是老船工饶树清、饶树标家居住，院子里有 3 间正房，2 间厢房，正房两侧各有 1 间披厦，分别做厨房、牛棚和猪圈。正房客堂摆放一张长供桌，供桌前面是一张核桃木面、红椿木腿的方桌，四周放着 4 条长木凳。左墙边有一个做饭烧水的火塘。客堂左右房间为卧室，左边卧室分隔为两半，后半部搭了一张木床，床边放着一只红漆攀枝花木的半截柜，这是主人饶树标的妻子糯友珍当年陪嫁的唯一嫁妆。

红军渡江那两天，指挥渡江的军团首长就住在正屋里，门前布着岗哨，发报机放在吃饭的方桌上，手摇发电机放在猪圈里，红军收发报、召开会议、研究情况全用这张小方桌。指挥员疲倦了就到里屋的床上躺一会儿。发报员因为外屋小，人多嘈杂，就在左边卧室里拟稿，坐在床沿上，点着蜡烛，伏在柜子上工作。那两天饶树标夫妇都留在家里为红军烧水煮饭，把红军当作家人。

树桔渡江指挥所遗址记录了中央红军渡过金沙江，跳出数十万敌军围追堵截的包围圈，赢得了战略转移中的主动权，因而在整个长征中具有决定性的意义，史料称之为“巧渡金沙江”。

1987 年 12 月，云南省人民政府将金沙江树桔渡及红军指挥所一起公布为省级重点文物保护单位。

树桔村拥有红军渡纪念馆这一红色旅游资源，但多年来因为交通不便以及纪念馆陈旧，少有游人前往参观。2016 年 5 月底，亨通集团捐资 1000 万元，帮助该村新建红军渡纪念馆。徐飞华说选择新建红军渡纪念馆，我们有两重考虑。

一是直接目的，助力脱贫攻坚。

树桔村位于云南昆明东川区拖布卡镇西北部，距镇政府所在地 20 公里，地处金沙江沿岸高山峡谷地带，境内最高海拔 1605 米，最低海拔 760 米，西与四川凉山州会东县隔金沙江相望。由于地处小江深大断裂带北端，地质的作用结果构成了南高北低、岭谷相间、山高谷深、沟壑纵横、岩石结构疏松、水土流失遍布的地貌特征。全村下辖 11 个村民小组，共有 380 户，总人口 1568 人。2015 年全村经济总收入 300.8 万元，农民人均纯收入 1725 元，远低于贫困线标准，仅能解决基本温饱。村民住宅多为土木结构（土坯房），抗震能力极差，大部分属于危房。

由于自然环境恶劣，交通闭塞，通信不畅，基础设施严重落后，村民科学文化水平普遍较低，收入主要以传统种植业和养殖业为主，这里的土质适宜种植玉米、红薯、甘蔗、柑橘、石榴、葡萄等农作物和水果，养殖除黑毛土猪外，还有鸡鸭鹅等家禽。基本都是一家一户的小农经济生产方式。落后的生产经营方式导致该村贫困面大、贫困程度深，贫困发生率高达55%，全村有建档立卡贫困户211户、843人，是省级建档立卡重点村。

村庄内年轻劳动力以外出打工为主，留居村内的多数为老人和小孩，加上交通不便，道路多为狭窄盘山道，大型车辆进不来出不去，给村里产业发展带来困难。

网上曾有个段子说树桔村与外界的隔阂，造成双方沟通的困难：

"这橘子是哪里的？"

"树桔的。"

"我是说橘子是哪里的？"

"树桔的。"

"我知道橘子是树结的，我是说人是哪里的？"

"树桔的。"

那人摇摇头，实在搞不清，怎么人也会是树结的，赶紧买了走人。

据说这是当年树桔村民到矿山上与买橘子的人的对话。

树桔村位于金沙江畔，依托金沙江大峡谷特有的资源禀赋和深厚的红色文化底蕴，形成雄奇险峻的自然风貌。树桔境内公路沿途种有凤凰树，花期到来时形成红色景观大道。村里种植芒果1000亩、甘蔗200亩、青花椒50亩。制糖产业正在规划建设，建成后将大规模生产传统手工红糖、渣皮酒（甘蔗酒）、小枣、冬早蔬菜。

树桔村红色旅游资源优势明显，但基础设施相对落后，特别是缺乏旅游配套设施，缺乏与旅游消费匹配的吃、住、行、娱一条龙服务，对游客缺乏吸引力。让人觉得与这片美丽神奇的红土地不匹配，红土地上的人文历史和自然景观没有得到较好的开发和利用，甚至让人感觉有点抱着金饭碗要饭的意思。亨通集团考虑依托红土地资源、红军渡纪念馆，以树桔村为核心，整合树桔历史博物馆和金沙江水上资源，打造红色旅游体验区，擦亮具有历史记忆、红色文化、地域特色、乡土特色的红色旅游这张名片；结合地形地貌，利用海拔高差优势，可按不同季节丰富高山梯田种植品种，突显红土地大地景观，发展观光农业、景观农业；同时可结合芒果、石榴等果园，开展采摘活动等休闲体验式产业。初步测算，项目计划实施后，可带动当地近 2000 人脱贫致富。

二是最终目标，改善保守观念，通过建设能够提高区域知名度的项目，吸引大量游客，从而使外界的先进思想、文化、观念和信息源源不断地输入，有效促进本地文化与外来文化的交流和融合，加速树桔村社会经济的现代化进程，让村民在心底涌起奔向幸福小康的热情，进而激发村民主动干事创业的精气神。

徐飞华说，自协议签订并捐助款项当年支付至今，经多次联系沟通，现场项目由于各种原因一直迟迟未见全面实施展开。

根据亨通慈善基金会对慈善项目开展实施过程跟踪管理的要求，为确保实施项目有序开展并实施完成，并结合基金会下一步开展扶贫意向要求，2018 年 8 月 8 日，亨通派徐飞华前往云南昆明，与公司云南办的武平一同前往东川区拖布卡镇树桔村红军渡，现场考察项目开展情况，调研实地扶贫条件环境。

从虹桥飞往昆明约需要 3 小时 30 分钟。从昆明机场到东川区政府所在地约需要 3 小时（一半高速一半盘山公路），东川区到拖布卡镇政府约需要 1 小时 45 分钟（县道盘山公路），镇政府再到树桔红军渡口约需要 40 分钟（盘山路）。昆明出发到红军渡现场全程约需 5 小时 20 分钟左右。徐飞华笑着说，注重里程时间表，是跟崔根良做秘书时学到的本领。把事情做实做细做到位，心里踏实，储备下来也是有用的。

盘山路九曲十八弯，两岸山坡陡峭，狭窄的挂壁公路如一根细线，全长20多公里，一直穿行在山腰，有的地方纯粹是在悬崖上凿出来的，崖壁下面就是奔涌不息的金沙江水。虽是柏油路，但偶尔也有塌方滑坡造成的沙土路、泥浆路。

8日下午到达昆明机场后，徐飞华和武平两人直接从机场前往东川区，与前来对接的拖布卡镇政府副镇长侯丽琼（红军渡纪念馆项目负责人）见面，并与东川区委常委、分管全区脱贫工作的区委办公室主任李德鸿见面，并初步做情况交流。双方介绍各自情况，对项目进行简单交流，并沟通9日行程计划具体安排事宜。

9日上午8时30分，徐飞华和武平与拖布卡镇有关人员从东川区出发前往拖布卡镇，到镇上后换车直接前往树桔红军渡江指挥所旧址，与前来会合的东川区常委、区纪委书记刘彬（直接对口分管拖布卡镇扶贫工作）一起实地参观了红军渡纪念馆的陈列设施，听取有关历史介绍，了解现场实际建筑设施设备现状情况和现场周边环境情况，并来到江边渡口，徐飞华说当我们站在金沙江畔，听拍岸涛声，又仿佛回到80年前的5月那段金戈铁马的岁月……

在渡口，那条与中国工农红军命运紧紧相连的小木船，就静静地躺在江边。就是这样一条小木船，创造了红军巧渡金沙江天堑的奇迹，记载着中国共产党艰难的革命历程。真是不可思议！比起那时的艰难困苦，我们现在做的脱贫攻坚的一切工作，又有什么不可以！不忘初心，一切皆能！

1935年，蒋介石妄图借天堑金沙江堵死红军，把红军消灭在云贵川境内。于是，电令云南省主席龙云、西康省主席刘文辉严防死守金沙江：凡渡船和可供过渡用的船只、木板、门板、竹筏全部炸毁，实行坚壁清野，让红军插翅难飞。除此之外，金沙江沿岸还派了民团、警察，重兵把守，筑起一道“马其诺防线”。

5月4日，红七团团长郭天明率领红七团和侦察连抵达金沙江树桔渡口。

5月金沙江河谷干热，树桔渡口的气温常在40度左右。这种地方早就被诸葛亮称为“不毛之地”和“绝境”。对红军来说，更难的是在身陷绝境时，还面临后有追兵前有堵截的两头夹击。

郭天明到了金沙江边，所幸没有遇到国民党的正规军，在对岸守卫的是国民党税警队。红七团经过一阵高射机枪的隔江射击，对岸守敌溃散了。然而，敌人退了，到哪里去找渡江的船呢？

树桔渡口方圆十里内几乎没有人家，环顾四野，只有山在云里，水在峡谷中奔腾，到哪儿去找船？正当大家一筹莫展时，只见夕阳中走来一个步履蹒跚、摇摇晃晃的人。走近一看，只见那人满身血污，气若游丝。红军是穷人的军队，见了穷人立即嘘寒问暖，给予救治。那人缓过气来告诉他们，今天就是国民党税警队毁了他的船，还要押着他去四处搜船，没搜到，就暴打他一顿解气，他被打得昏死过去，他们这才骂骂咧咧地丢下他扬长而去。

红军听了，个个怒火万丈，紧握拳头，恨不能立即抓到那伙税警队为这位老乡报仇雪恨。红军战士为他清除淤血，包扎伤口，船工感动得眼含热泪，觉得只有红军才与穷苦百姓心贴心，知百姓的苦，解百姓的难，他们好了，强大了，将来百姓才有好日子过。“我记得，上面麻塘湾沉有一只不要的烂船！”大家一听，立刻搀扶着船工直奔麻塘湾。侦察连一名善水的战士潜下水塘，一摸果真是一条船，就将船里的石头搬了，让船浮了起来。可这船朽得几乎无法使用了，所以国民党税警队才没有拖走而直接沉塘了。

就在这时，船工饶顺清、张朝兴来了。饶顺清是本地有名的船老大，见红军对穷人如此好，心生感激，横下一条心，无论如何也要把船弄好渡红军过江。于是，红军推举会木工、篾工、铁工的战士协同几位船工修船。经过一番修补，船只的裂缝依然很多。红军战士脱下衣服撕成布条塞堵船的漏缝。就这样钉的钉、补的补、塞的塞，就将船弄“好”了。

红七团政委周彪立即召集识水性、会驾船的战士，下达命令，交由船老板饶顺清指挥。

终于半夜里船只修补好可以下水了，侦察科长曹达兴站在岸边发出命令：出发！船就驶向了江面。船工饶顺清凭着世代为船家的本领，仗胆撑船，战士们同心协力，小船终于绕过漩涡，驶近江心。然而，金沙江风急浪高，小船中流受阻，被浪头抛上卷下，在江心中随水流颠簸，几上几下，浪进浪退，终于在江对面会东县鱼坝滩靠岸。

这一夜，船工往返 13 次，硬把红七团的 200 多人全部渡过了金沙江。第一批渡过的是侦察科长曹达兴和侦察连的一个排。过了江的曹科长，安排好警戒后，立即化装成国民党中央军直扑上游十几里处盐井坪，智取国民党税卡。黎明时分，曹科长带人以检查为由，敲开了税卡税警队的大门，将全部税警队集中在院坝，亮明身份后，缴了这 10 多人的枪。在曹科长的说服教育和威慑下，税警队交代了藏船的地方。

5 月 5 日一早，曹科长在盐井坪召开群众大会，将缴获的 10 多万斤盐，分给了穷苦百姓。船工们感激红军的正义，纷纷表示愿意替红军去打捞船。于是曹科长一行带上缴获的 28 支枪、4 万银元，一同和船工们到崩子岩下面将沉匿于河中的 40 多条船全部打捞起来。

一船生百船，这 40 多条船在近两天的时间里将红九军团罗炳辉部三四千人，于 5 月 6 日上午毫发无损全部渡过天堑金沙江，直奔西昌，与从皎平渡过金沙江的中央红军主力会师，完成了滇东北牵制、吸引敌军的战略任务，取得了红军长征史上一次具有重大战略意义的胜利。“金沙水拍云崖暖”，一个“暖”字，道尽红军与东川百姓的鱼水情深。

在树桔红军渡纪念馆，徐飞华等人不仅听老船工饶顺清的后人讲了红军巧渡金沙江的故事，还与管护人员进行现场交流，了解该旧址的日常管理维护，以及前来学习参观人员构成数量等情况。由于旧馆位于下游白鹤滩水电站淹没区 825 米的水位线，必须拆除重建，重新在水位线上建设新馆，旧馆拆下来的石板、土坯墙等，也都被认真保存着，整齐有序地码放在一边，准备在新馆旁边一比一原貌重置。

看完纪念馆旧址后，徐飞华一行又来到准备建设新红军渡纪念馆的新址地块（政府已完成土地征用），现场结合《昆明市东川区拖布卡镇树桔村产业发展研究及红军渡纪念馆方案设计》书，了解新建纪念馆的实际位置、现场条件和周边环境交通设施，以及将来的配套规划和红色旅游、产业项目规划。东川把红色理想信念教育基地与金沙江大峡谷、白鹤滩水电站库区风光及当地万亩果园基地相结合，打造红色理想信念教育摄影基地，既为东川转型发展注入新动能，又为当地群众增收致富注入新动力。而树桔红军渡重建项目是龙头，重中之重。

徐飞华说现场考察结束后，下午马不停蹄，我俩与刘彬书记、侯丽琼副镇长、镇人武部郭华军部长（负责红军渡纪念馆建设项目），树桔村村书记 4 人在镇政府 3 楼会议室进行深入座谈交流。主要分 5 个方面了解情况：1. 捐助扶贫援建的红军纪念馆项目实施情况进度和推进计划；2. 项目资金的使用情况及计划；3. 项目推进缓慢原因及后期计划完成时间；4. 当地实际民生状况、风俗民情和环境、地理、交通、配套以及经济基础情况；5. 当地产业扶贫举措和目前实施情况。

交谈中了解到项目推进缓慢的原因：首先，项目迁建土地属于国家基本农田保护区，项目用地直到 2017 年 10 月才初步完成建设用地调整规划。其次，项目建设涉及白鹤滩水电站建设淹没的红军渡江指挥所（纪念馆）旧址迁建，在前期规划、土地征用工作完备后，一直找不到负责红军渡旧址迁建的负责部门（属于云南省重点文物保护单位和云南省爱国主义教育基地）。淹没区重点文物需由三峡公司出资委托当地政府或相关机构进行迁址。直到2018年6月7日，云南省移民局才和省文物考古研究所签订迁址协议。

徐飞华说听到这里，我心中原有的怀疑和不满，立刻烟消云散。当地政府不是不作为，而是限制的条条框框实在太多。好在终于完成了土地征收、用地红线测定、地质灾害评估等前期工作。

树桔红军渡长征纪念馆迟迟未开工的原因，云南省文物考古研究所李炳南2019年度业务工作交流会上的发言，也做了最好的注解：

> 具体到地面文物保护项目，因我所既负责勘察设计又负责组织实施，所面对的情况则更为复杂，主要如迁移保护新址的确定、组织实施过程中质量及经济风险控制、审批程序（尤其是涉及革命文物）周期长等难题。
>
> 树桔渡红军指挥所和“树桔红军渡”摩崖石刻处于金沙江白鹤滩水电站建设影响范围内。2019年11月、12月，我所编制的《东川区树桔渡红军指挥所文物保护工程勘察设计方案》先后获国家文物局同意、省政府批准。
>
> 树桔渡红军指挥所迁移保护工程既是水电站移民搬迁的专项工程，也是文物保护工程中最为复杂、难度最高、专业要求种类最多、涉及面最广、协调政府部门及相关工作单位最多、不确定性和时间跨度最大的一类特殊文物保护工程。坚持文物保护的原则、迁移复建新址的选择、工程安全、限额设计目标是工程的4个工作重点，其中又以新址的选择为最关键的环节。
>
> 圆满完成此项工作主要有以下几方面体会：一是坚持“不改变文物原状”的文物保护原则；二是按《评价报告》中提出的迁移保护工

程新址选址原则及基本要求，将新址落实到移民新集镇或者移民安置点内，并在审定的《移民安置规划报告》中得到确定，安置在新建红军长征纪念馆地点，顺利解决了迁移选址的难题，并成为纪念馆展示中最有价值的部分；三是坚持工程安全第一，从选址的地质灾害评估、水文地质勘察到结构、水电、消防设计及工程施工按现行国家法规，由有专业资质的单位协作完成；四是注重经济技术的合理性，将工程造价控制贯穿在设计中。

从李炳南的这份发言稿中，确实看到了树桔红军渡纪念馆为什么在亨通扶贫捐资到位后还迟迟未能开工的真实原因。

亨通将通过树桔红军渡重建项目，以这张亮丽的红色文化名片，和紧邻金沙江的自然资源优势，着重开展重走长征路、红色教育、红色驻地露营等活动，打造红色文化旅游产业。在白鹤滩水电站建成后，结合出现的高原平湖景观，在亲水区开发漂流、水上探险、风光摄影等旅游项目。与红军渡纪念馆一起，形成集商业、餐饮、民宿、文化体验、红色旅游、采摘农业等功能为一体的特色乡村旅游项目，进而带动整个拖布卡镇快速发展，实现树桔村长效脱贫。

旅游业是一个劳动密集型产业，能够提供大量直接和间接的就业机会。该项目的建设有利于推进乡村振兴，破解“三农”难题，带动城乡经济发展，是促使树桔村脱贫致富的新措施。项目实施可增加新的就业岗位，为农村富余劳动力向非农产业和城镇转移创造条件，促进农业和农村产业结构的调整，并带动农村第三产业的迅速发展，使农村经济得到繁荣、农民收入得到增加、农民生活水平得到提高。同时，能进一步推进树桔村红色旅游业的发展，可以促进城乡之间的沟通，带动人流、物流和信息流的合理流动，促进城镇建设与区域经济发展，实现城乡经济社会的协调发展。

不忘初心，方得始终。树桔红军渡这个项目，亨通不是一投了之，而是跟踪、调研、实地回访、多次磋商，再修订计划，直到达成共识全面落实执行。

崔根良一直十分关注该项目，数次督促徐飞华抓紧沟通落实，并根据新形势把项目做到位，让树桔村能够真正长效脱贫，走上全面小康之路。

徐飞华说，经过考察后对此我们很有信心，原因如下。

第一，拖布卡堪称“热带果园”，林果种植面积达万余亩，盛产核桃、板栗、苹果、梨、桃、葡萄、小蜜枣等，天然矿泉水的浇灌、绿色农家肥的滋养、独特山前小气候的呵护和全程无公害化的管理，成就了河谷热区果品的优良品质，每年 4 月中旬到 10 月底都有鲜果可供游人采摘。树桔村有柑橘、甘蔗、芒果等水果种植，公路沿途种有凤凰树，花期到来时形成红色景观大道。该项目建成后，可吸引观光游客，促进农特产品销售，为持续稳定增收、巩固脱贫成效奠定坚实基础。

第二，这里生态景观优美：景区内金沙江大峡谷，两岸峭壁连绵、峰峦叠嶂，河道九曲回肠，谷深流急，是距昆明最近的峡谷景观。这里是云南、四川两省，昆明、曲靖、昭通、凉山四州市，东川、会泽、巧家、会理四区县的交会点，是金沙江、东川小江、会泽以礼河三江的交汇点，也是中国古代京铜运输水路的第一站。位于金沙江东侧的大白岩洞，洞穴延伸很长，据说此洞与昆明五华山相通，洞内深处至今无人探知，入洞内须渡船，对于游客探险、体验具有很大的吸引力。

第三，从拖布卡格勒村开始，其中有 40 公里河段，江宽水阔，可供漂流，或用皮筏艇上溯，或乘密封船漂流而下，往北可以漂流到巧家县，沿途可以观看泥石流地质奇观。拖布卡还是中国泥石流汽车越野赛的一个重要赛段，每年都会在此举办盛大的泥石流汽车越野赛和精彩的摩托车飞车表演，适合观光、摄影、漂流、汽车运动体验等。沿线的格勒村是闻名遐迩的金矿山，金矿储量丰富，堪称亚洲最大的金矿山，金矿标本是非常珍贵的旅游商品。

观光、探险、漂流、寻宝，这片神奇的红土地，不仅具有不可多得的红色基因文化名片，还具有世界级旅游观光地所具有的一切稀有特质。结合当地人文、自然景观、生态、环境资源及农林渔牧生产活动，打造集休闲、度假、户外运动等为一体的天然生态休闲旅游之地，提供家庭式旅客体验乡野生活、当地风情及农业生产等活动。树桔红军渡的美，美在神秘及野趣，美在传奇的红色历史。

8 月 9 日傍晚结束考察座谈活动后，徐飞华离开拖布卡镇返回昆明。

回吴江后整理汇集考察材料并建议：结合树桔红军渡长征纪念馆项目可适当加大当地红色产业扶贫规模和力度，扶持开办一批观光体验型的"农家乐"，以解决游客吃住问题，同时也可以带动范围更广的当地农民脱贫致富。并建议组织有关专家学者和宣传部门人员前往现场实地考察交流，挖掘扶贫故事，探讨红色扶贫新模式！

东川树桔红军渡长征纪念馆，2018 年 10 月 18 日破土动工，2019 年 8 月一期项目完成，直到 2020 年 7 月 1 日正式开展并启动室内装修和布展工作，内部布展工作已基本结束，展厅分 4 个部分：长征伟大的壮举、红军长征过云南、红军长征过昆明、红军长征过东川。共有展板 121 块，图片 529 张，浮雕 2 组——红军渡江场景和树桔群众为红军做饭场景，沙盘 1 个，雕塑 3 组。是目前云南省内规模最大、内容最全的红军长征纪念馆。全面完工后将建有酒店、商铺、餐厅，配套小型停车场、观景台和 4100 平方米的主体广场等辅助设施。预计 2020 年开馆，现向全国征集文物。

亨通实施援建的树桔红军渡纪念馆将成为树桔村新的红色名片，为树桔村挖掘红色文化带来机遇。树桔村为重点发展村，依托红军渡纪念馆，打造红色旅游。这里是青少年、广大党员干部和群众的红色教育基地，参观者通过实物、照片、资料可直观、全面地认识树桔红军渡，了解长征史，传承和发扬长征精神，激发斗志，转化为实现伟大的中国梦的源源不断的精神动力。树桔红军渡纪念馆建成后估计人流量将会成倍增加。

值得一提的是，树桔红军渡长征纪念馆一期开馆不久，省内外游客接踵而至，有人通过网络发文称："云南东川红土地的美，在不同的季节，有不同的视觉，层层叠叠的非常有立体感，第一眼看到那极具层次的彩色线条，相信你会和我一样，会觉得美得太不真实了！放眼望去山川和原野呈现出一片片暗红、紫红、砖红等不同的红色，方圆数百里大大小小的山头、山坡上，油菜花与洋芋花热烈地绽放着，金色的麦浪在清凉的山风下翻滚，一层绿，一层白，一层红，一层紫，又一层金。"

美丽的东川红土地让摄影爱好者停不下脚步。如此浓烈的色彩让他们如痴如醉，享受着视觉的冲击所带来的感动。

金沙江漂流因沿途的泥石流奇观让漂流者不断发出惊呼声，寻宝探险者在矿山和洞穴中穿梭匍行，万亩果园里采撷的人群欢声笑语，尽情享受大自然的馈赠。

这一切，都会给树桔村民带来源源不断的物质收益和精神滋养，他们是中华民族强盛大家庭中快乐的一员，全面小康大家一起走。

亨通，为树桔红军渡谱写华彩篇章。

第五章

王春花的桑园梦

“虽然华佳不能与亨通等大企业比，没有他们那么雄厚的资金实力，但扶贫攻坚、全国人民一道奔小康的路上，我们华佳也要贡献出我们应有的智慧和力量。”

广西华佳总经理陈月红说40年跟随王春花，对她敬佩有加，因董事长把社会责任、群众利益，一直放在首位。

在广西，华佳不仅投资办厂，为当地解决就业，提供税收，还捐资助学，办了希望小学。

2011年，华佳捐资32万元建设广西上坪小学新校舍，为该校瑶、壮、汉族适龄儿童提供了一个良好的学习活动场所，让少数民族孩子能在其乐融融的民族团结氛围里健康成长。学校亦因之更名为上坪华佳希望小学，已成为象州金秀两县民族团结一家亲的教学示范点。每年“六一”儿童节，公司都会组织员工前去看望孩子们，并送上节日礼物……

阿岩7岁了，到上学读书的年龄了。但他怕见生人，不肯跟人说话，也不愿去学校上课，每天奶奶把他送到学校，他趁老师不注意，就偷跑回家了。看见老师来家，他马上躲进被子里。那速度极快，即使是在炎夏，也把自己用棉被裹了个严严实实，连脑袋都藏起来了。老师和奶奶一道费了九牛二虎之力才把他从被子里“解救”出来。出来之后，他躲在奶奶身后，一会儿头从奶奶腰后探出来一点，用乌溜溜的一双眼睛，惊恐不安地瞟一眼老师，又赶快缩回去。

老师说："阿岩，你怎么不去上学呢？"

阿岩躲在奶奶身后，不回答老师的话。

"阿岩，你应该上学了，不读书，不学习，将来谁养活你？"

阿岩还是没回应，只是一直躲在奶奶的身后。

奶奶说，阿岩小时候是个话很多的孩子，也喜欢跟小朋友一起玩。只是后来跟着爸爸妈妈去城市打工，爸妈上班没空照看孩子，把他锁在出租屋里，这样时间久了，他就变得不想再和谁多说一句话，变得害怕说话，害怕见陌生人，害怕到陌生的地方去。因为住在出租屋里，常被附近的孩子欺负，只要一出屋，就有人拿弹弓打他，拿水枪朝他滋水，他的胆子变得越来越小了。

老师和奶奶聊了很久。

第二天阿岩去上学，老师摸摸他的头，让他坐在第一排。下课后，老师特别关照一位女同学带着他玩。慢慢地阿岩就自己去上学了。他知道这是他的家、他的村庄、他的学校，他的同学也是和他一样的村里娃。他们的父母甚至天天一起去华佳的厂里上班。他不用跟着父母在陌生的黑屋子里像一只小兔子似的惊恐不安，再也不怕有人拿弹弓和水枪捉弄他了。

华佳来到这里，让许多个阿岩的爸爸和妈妈，再也不用带着孩子去外地打工，他们在华佳的厂里上班，早出晚归，与家人在一起。华佳又在这里盖了新校舍，孩子们可以就近上学，刮风下雨也不用走那么远的路去镇上的学校读书了。

后来华佳广西分公司的工会给孩子们送来了各种各样的玩具和图画书，还有先进的教学设备，小阿岩被玩具和图画书吸引，慢慢地变得爱去学校了。

阿岩特别喜欢照相，每次华佳的叔叔阿姨们带着相机来学校的时候他都很高兴，喜欢和他们一起照相，还喜欢拿着相机给他们照相。

"你长大了去当一个摄影师吧！"王春花奶奶笑着跟他说。

他问："什么是摄影师？"

王奶奶说："就是专门给人照相的。"

"要得，我当摄影师了，就给您照很多相。"

王奶奶搂着他开心地笑了，"好啊，你好好学习，这个愿望肯定能实现。"

小阿岩变得特别喜欢上学了，每天吃完早饭，不再要奶奶催促，背着书包蹦蹦跳跳地上学去。小燕子、百灵鸟在田野的上空飞舞欢叫，蚂蚱在他走过的路上一蹦一跳地在草丛里窜，阿岩小脸蛋红通通地放着光彩，今天又可以看到新的图画书了，书里的故事太好玩了。以往被小伙伴们欺负，爸妈把他长期关在光线阴暗的出租屋里的经历，在他幼小的心灵里刻下了深深的伤痕，这伤痕，在华佳希望小学同学老师的关心和帮助下，一天天消失得无影无踪了。他和小伙伴一起玩耍，课后大家一起做游戏，一起读图画书，一起写字做作业。现在阿岩见到老师就会礼貌地打招呼问好，和瑶族汉族小朋友在一起，一点也不害羞怕说话了。阿岩奶奶说，如果不是华佳在这里办了希望小学，不是华佳在这里办了厂，让阿岩的爸爸妈妈可以在家门口上班挣钱，让阿岩可以在家门口上学读书，还有这么好玩的积木、小机器人，好看的图画书，阿岩说不定就不上学了。不上学不识字，没文化，长大怎么生活呢？难道还像我们以前一样过苦日子吗？感谢华佳。不是嘴上说说，是从心里真的很感激。

又一个"六一"儿童节，阿岩又见到王春花奶奶和华佳的叔叔阿姨们带着相机来了，阿岩抢着和他们一起照相，还用王春花奶奶的手机给她拍了张相，拍得很好看，"王奶奶真的不老，好看"。现在的他活泼可爱，一说话还笑。王春花奶奶跟他合影，还送了书包和铅笔盒给他。"我希望你更加健康地成长，好好学习，天天向上，将来成为建设家乡建设祖国的栋梁之材！"

小阿岩摩挲着新书包上的图案，高兴极了，这正是他最喜欢的，上次王奶奶问他，他告诉了她心中的这个小秘密。想不到，王奶奶真给他买了这样图案的新书包。

陈月红说，董事长这种胸怀，让我们感动；也时时鞭策我们不仅要把企业办好，带动当地老百姓脱贫致富，更应把教育扶贫工作做到位。不让一个少数民族地区的适龄学生因学校离家远、因上学难而辍学，因上不了学学不到文化知识将来陷入贫困境地。

王春花只读过小学一年级，就辍学回家和二姐一道养兔子、放羊、看牛。再大一点，到城里的阿姨家帮做家务，洗衣做饭擦地抹桌，她想继续看书学习，可哪儿有时间，哪儿来的书。直到进工厂上班，挣了工资，不仅能帮妈妈贴补家用，还能有钱买自己喜欢的书看了。

20岁那年，王春花第一次进入她梦寐以求的苏州丝绸工学院学习。坐在教室里的感觉真好，她好像回到了上小学一年级的时候，背着书包，蹦蹦跳跳地唱着歌儿去上学，跟老师念b、p、m、f，念《小猫钓鱼》，念《乌鸦喝水》……可在被称为三年困难时期的日子里，吃饱肚皮能活下来才是最重要的。她听妈妈话，回家割草喂兔子，放羊放牛，为的是能让弟弟上学读书。

春花从小就是个懂事的孩子，她从来没有埋怨过父母，她知道糊口不饿肚子，是天下最重要的事情。可她有时喂兔子时会搂着兔宝宝，对它们讲《小猫钓鱼》和《乌鸦喝水》的故事，有时也会问羊和牛：你们过河会跟小马一样害怕吗？那是弟弟书上的故事。

每晚，她几乎都要缠着弟弟，让他教给她一天学到的新词、新故事。为了能换弟弟的书看，她甚至把妈妈分配给她的炒蚕豆和花生米都偷偷地攒下来，以便跟他交换。“河边有个小村庄。芦花开的时候，远远望去，黄绿的芦苇上好像盖了一层厚厚的白雪。风一吹，鹅毛般的苇絮就飘飘悠悠地飞起来，把这几十家小房屋都罩在柔软的芦花里。因此，这村就叫芦花村。12岁的雨来就是这村的。”春花听弟弟读书真的入了迷，她在油灯下一边薅兔毛，一边眯眼看着弟弟，好像看到了芦花、苇絮，还有罩在柔软的芦花里的几十家小房屋。

“这不就是写的我们村吗？这小河、芦花和草房子，跟我们村很像的。”弟弟说：“是很像，但我不给你念了，花生米呢？”她说：“花生米都给你吃了，没有了，你还是接着念下去吧。”弟弟一听没有花生米了，就把书包拾掇拾掇压到自己枕头底下睡觉去了。

后来王春花进缫丝厂上班，把母亲给她的一点零花钱，都积攒着买了自己喜欢的书看。

再后来，她进了夜校扫盲班，跟着上海下放的知青学文化，整整3年，不仅学完小学课本，还学习了初中教材。

在苏州4个多月的学习，她很少逛街，连著名的拙政园、狮子林也没去。唯一的一次走出校门，跨过护城河，进入真正的古城区，是第一次到振亚丝织厂去参观学习。从丝绸工学院出来，从相门桥到狮子口第三监狱，右拐上仓街，一直往北走。只见低矮破旧的民居，粉墙是剥落的，墙壁上爬满青苔，墙头探出一枝二枝的桃花或石榴来，鱼鳞般的屋瓦上长着几茎细细的瓦楞草。小巷深处，传来长一声短一声的白头翁和黄鹂鸟的叫声。梧桐和合欢的绿荫覆满护城河面，河里不时开过冒着烟的“突突突”响的水泥机帆船，船上装的大都是农副产品，也有送粪水下乡的。在北仓街的路边，王春花忍不住俯下身去看那眼古井，并伸手去抚摸井沿四周被绳索勒出来的深深的凹槽。历史，就写在这些古树、古井、古桥和老房子上。振亚丝织厂在王春花的心里，就像是一个遥不可及的梦。我们坛丘缫丝厂，什么时候能变成像振亚丝织厂这样的名特优大企业呢？而当时正风生水起的振亚丝织厂，10多年后，与东吴、苏纶这些名声响亮的百年老企业，一夜之间纷纷凋零。

1990年代后期起，在国有企业、集体企业改制工作逐步展开的同时，盛泽的民营经济快速发展，大量民间资本在短短数年里集中投向丝绸纺织行业，从一年投资5亿元猛增到一年投资50亿元、100亿元，一下子新建了1000多家丝绸纺织厂，使盛泽丝绸纺织业跃上一个新高度。

“在吴江，你会感受到其经济发展像春潮般排山倒海的不同凡响。”当时的《群众》杂志用这句话勾勒出吴江经济发展的生动画面。

但随着产业结构的调整，农村城镇化速度的加快，苏南地区的农桑用地也在加速度消失。所以“抢茧大战”的大戏屡屡发生。“五亩之宅，树之以桑”，苏南人只能到唐诗宋词里去寻觅了。一些农户依然保留的零星桑田，也只是“犬吠深巷中，鸡鸣桑树颠”的旧时岁月的一点留痕。苏南已不可能建设大面积的桑园，光靠购买别的地区的蚕茧，对于华佳来说，好比无源之水、无本之木，不是长久之计。为了寻找优质蚕茧资源，王春花 30 多年来走南闯北，四处奔波，从未停息。但资源地的不稳定，给缫丝业带来了很大的不确定性，尤其对华佳这种生产高品位生丝的企业来讲，问题更为突出。建设一个相对稳定的桑蚕基地，一直是王春花的梦想。

1999 年改制后，华佳一直在向一个全产业链的丝绸大企业迈进。以前在缫丝领域华佳一直走在全行业的前列，因为王春花先人一步，在四川大凉山签下了 10 年期的购茧合同，所以后来许多缫丝厂因为茧源无着落纷纷倒闭，而华佳却一枝独秀。1988 年，企业配套了针织面料生产；从 20 世纪 90 年代初起，先后增加了丝绸织造和丝绸服装生产；1993 年，又增加了丝绸染色这一环。2000 年后，华佳逐步完善产业链。2003 年，出资 9000 万收购了苏州一家丝绸印染厂。华佳企业规模越来越大，对茧源的需求自然也越来越大。华佳先后到江西，苏北淮安、大丰等地收购茧源联合办厂。

广西华佳负责人陈月红说，1992 年华佳与江西某农场合作，那里的党委书记是上海“插青”，对华佳有好感有信心。但那里的普通机关工作人员，天天没事也要赖在华佳的办事处，喝茶聊天抽烟。后来发展到一上班就来办事处，拿一包烟就走，没烟拿就坐下跟你山南海北地扯。哪里招架得住？每天都要买一箱烟放那儿，他们来了拿上一包就走，牌子高级不高级也无所谓的。这样的地方，企业怎么扎得下来？

后来又到淮安。1998 年淮安纺织厂倒闭，其实那时倒闭的纺织企业不止淮安，苏州织锦厂也于 1998 年倒闭；到新世纪初，四大国营绸厂振亚、东吴、新苏、光明也相继破产或停业。华佳去淮安收购，在那里做了 4 年。后又到大丰做了 4 年，人家原先是国营厂的，上班时间、工作待遇、社保福利，都要按部就班比照原先的，否则就要闹事。唯独没有的是乡镇企业吃苦耐劳的精神，乡镇企业的多劳多得、按劳计酬，在这里被认为是资本家的剥削方式。陈月红说，在那些地方拼搏几年，会蜕几层皮。

王春花也说，2002 开始在大丰租用了一个大型缫丝厂，引进和改造了先进设备设施，招收了愿意回厂的全部下岗工人，进行系统培训重新上岗。织绸女工太辛苦了，夏天高温，冬天严寒，她们在相对密闭的车间里来回奔忙。一人管六七台机器，时不时地断线打结，每天都像跑马拉松，跑几万步不在话下。白昼黑夜连着 3 班倒。虽然牛郎织女的故事，天上人间，十分感人，十分美丽，但现如今谁还真的愿意当一名织女呢，更别说缫丝工了，那是最辛苦的活。

陈月红说，后来原茧没有了，只能再开辟新的天地。

2006 年，华佳来到广西，在广西象州开辟了万亩桑园，带动上万农户脱贫致富。

正如原华佳苏州公司总经理谈金麒所说，董事长的“桑园梦”，是一种情怀，是一种大爱无疆的精神。只有跟她一起走过，回过头看着那一串串坚实的脚印，才懂得寻梦的过程是最艰难的，也十分地美好。

王春花笑着说，风雨过后见彩虹。

她来广西，也是经过激烈的思想斗争的，首先家里人就很担心，不支持。

王春花说：公婆一直关心我，对我很好，当成自己的女儿一样，每次出差都会嘱咐，在外要注意身体，不要太累，要休息好，身体是自己的，自己不爱惜谁爱惜。钱是挣不完的，公家也好私人也好，都不要替别人想太多，做到本分就好，不亏欠别人的就好。也不要把所有的担子压在自己一个人肩上，人不是铁打的，都是血肉之身，担子挑得太重会压伤的。再说世上百人百心，你做得再好，也会有人不满意，也会有人说三道四。你已经做得很好了，大家的眼睛是雪亮的，看得见的。在外你是好厂长，在家你是好媳妇。我跟你爷常说，我们老俞家修了几世才修来这样的一位好媳妇啊。俗话说得好，在家日日好，出门时时难，何必跑那么远去办厂呢。盛泽的厂做做好，就行了。毕竟你年纪也不小了，不比年轻的时候吃得苦受得累了。万一在外面有个头疼脑热怎么办，听说那是很落后的地方，医院的条件不及我们这里好。吃的口味与我们这里也不一样，你能习惯吗？

公婆真的是关心她，样样都替她想到了。

丈夫老俞是怎么想的呢？也许认为王春花对一粒茧、一根丝的爱，的的确确超过了对他的爱。否则，为什么要放着安安稳稳的日子不过，跑到那么远的地方去办厂，砸钱不说，生活过得惯吗？气候习惯吗？人到中年，别的女人都是搓搓麻将、旅游旅游、带带孙子了，还跑那么远去扶贫帮困，中国地方这么大，穷人这么多，你一个小老百姓，能管得过来吗？真是自找苦吃，米箩不待跳糠箩里找食吃。

王春花说为一粒茧、一根丝拼搏一辈子，把时间和心思大都放在了茧和丝上。对丈夫的关心和陪伴，不及对寻找茧源和桑蚕基地花的时间和精力多，他也有怨气吧。连从小一起长大的姐妹们也说：你看你，都嫁给丝绸了，没治了。你的心里只有一根丝，谁也拿你没办法，包括你家老俞。

王春花说：确实如此，唯有一根丝，才是我的真命天子，我的一生最爱，我 50 年奋斗永不止歇的永恒发动机。

几十年来，做精丝绸工艺，做强丝绸产业，做优丝绸品牌，做深丝绸文化，王春花呕心沥血，她是当之无愧的事业型女强人。但在她的内心深处，也是很柔软的、很敏感的，她很希望在自己困倦的时候、消沉的时候、遇到挫折的时候，有一个坚强的肩膀让她靠一靠、歇一歇、喘喘气、放松放松。有一个贴心的人，听她倾诉，安慰她，鼓舞她，给她以新的动力，让她继续上路，再去拼搏。

这个与她命运最息息相关的人，冷暖共知的人，甘苦同尝的人，悲喜与共的人，应该就是她丈夫。

但丈夫没能完全给她这些。丈夫跟她的理想信念不完全合拍，有时他俩就只能各做各的。她的生命，与丝绸相亲相爱，相敬相知，苦乐相伴，兴衰交融。丝绸成就了她，荣耀了她，温暖了她，贴心了她，也感恩了她。她给古老的丝绸注入了新的生命因子，诠释了新的生命标牌，开辟了新的发展路径，创造了新的辉煌的未来。

这就是女人与丝绸的故事，女人离不开丝绸，丝绸更离不开女人，她们相携并进，不断书写新的每一天。

王春花从走遍千山万水、想尽千方百计、吃尽千辛万苦、说尽千言万语四处求购蚕茧，进而到广西、云南等地开辟桑园，自己种桑、育种、养蚕、缫丝、纺织、制衣，直到创出自己的品牌，是因为她心里一直有个桑园梦。她是吴江生、吴江长的女儿，“日出万绸，衣被天下”，是千百年来吴江人生活富裕、日子安好的愿景，是吴江人勤劳、精细、温婉人生的支撑点。五亩之宅，树之以桑，那是两千多年前孟子描绘的小农经济的小康梦想。王春花的桑园梦，随着“东桑西移”国家战略的推进，在广西和云南，种植的是以万亩计。

她幸运她是一个女人。她幸运她一辈子爱上了丝绸。她幸运她来到广西、云南和贵州，一根丝牵起一片民族情，为这些地区的蚕农特别是少数民族的华佳工人，送去了温暖，让她们学到了技术，开拓了眼界，融入了时代潮流中，迅速脱贫过上了小康生活。

王春花说，一辈子喜欢跟正能量的、有气场的人在一起。交的朋友都是意气风发想干事的人，大家携手共进，路是越走越宽，心态也越来越好。自己从小上学少，读书少，特别喜欢跟有文化有学问的人在一起，近墨者黑，近朱者赤，慢慢熏陶，天长日久，人的想法、人的精神面貌，脱胎换骨了。更喜欢有大智慧的高人。特别像南怀瑾先生这样大彻大悟洞明世事人生的大师级人物。王春花尊称南怀瑾为南师。她认识南师是因为一位姓向的台湾朋友的引领，南师对王春花印象颇好，和朋友去过几回，渐渐就成了忘年之交。因为太湖大学堂在庙港，离得近，后来基本每月都要拜访一次。南怀瑾先生专门为女企业家上过 3 次课。她说私下里也跟南师交流过，推心置腹，把心中的困扰、多年来自己的人生苦恼，和盘托出，原原本本跟南师诉说，让他指点迷津。

南师边听边微笑着点头。

王春花第一次跟人敞开了心扉。南师点了一支烟，清癯的脸上，淡淡的眉上，分辨不出轻轻罩着的是烟气还是愁绪。

“南师，是否我有问题？”

南怀瑾说：“你没问题，几十年你能做到这样，其实已到了禅修的境界、悟的层次。该放下的，还得放下，该拿起的，还得端着。”

南师这样和她轻言细语中，绿茵茵的草地上，盛开的桃花树下，有孔雀漫步，有鸭群追逐嬉戏，还有太湖的万顷碧波。有时，晚上，月光如银，月在波心荡漾，家事，公司的事，心中的忧，头脑中的困惑，说向谁？唯有南师。南师的寥寥数语，有时让她内心波澜舒缓，欢乐平和；有时又让她感觉迷茫不解，云遮雾障；有时又仿佛让她看到了一缕黎明前的霞光，那样明媚，那样祥瑞。

事情再多，她每月都要去太湖大学堂跟南师会面一次。南师喜抽烟，喜吃海鱼，有时她也会带一些烟和海鱼。去得多了，跟大学堂的校长都成了好朋友。

南师盛名在外，每天全国各地要来见他的人很多很多，他的徒弟、助手们都替他挡了不少。但王春花每次前去，事先预约，南师都乐意相见。王春花说受南师教诲，从中获益良多。

王春花记得最清楚的，是南师对她解说义和利。他说义利美德有4类：第一类，利己损人，天地不容，应加惩处；第二类，利己不损人，公司治理模式，最基本的道德底线；第三类，利己利人，市场经济公平原则；第四类，损己利人，社会责任的担当，已达最高境界。你很了不起，虽然碰到了困难，有困惑，你却做到了利助义，富助仁。所以，你的企业能坚持下来，发展起来。这是你的修行、你的得道。道，不一定在禅堂修，在太湖大学堂修。道就在你的事业中修，在你的日常生活中修。所以，我说你已达悟的层次，损己利人，责任担当。你会走得更远。

南师的这番话，让王春花更坚定到广西去，在广西办希望小学，扶贫帮困少数民族同胞的决心。

不忘初心，砥砺奋进。

在前进的路上，有人推你一把，你会走得更快更稳。

南师对王春花来说，就是这样的一位长者、智者、善者。

王春花回忆，最后一节课，南师一边讲一边咳嗽，他说要闭关一段时间。不想，这成了她与南师的最后一次见面。

大师远去，但大师的话却在她心底留下。

面对太湖，水是那样清澈，极目远去的白帆，像一片片树叶在广袤的湖面漂，湖心不时有大鱼跃出水面，在金色的阳光下闪着粼光。水深才能养大鱼。

王春花明白，让心像太湖水一样清澈，才能行得更远。

第六章

广昌路上——阻断贫困代际传递

光纤丝是光导纤维的简称，因为现在的科技可以使光导纤维细得像头发丝一样。光纤通信的特点是通信容量大，比电通信容量大千万倍，在两根光纤上可以传递万路电话，或上千路电视；保密性能好，抗干扰性很强。

2018 年 3 月 3 日，工信部和中央电视台推出大型纪录片《大国重器》。这部展现中国 30 年来装备制造业成就的纪录片，将镜头对准正在马尔代夫海床上铺设海光缆的亨通光电。

这根世界最长单根无接头海底光缆，与神舟十号飞船等同登《大国重器》名录。

亨通承建的马尔代夫环岛海洋光网工程项目，将该国 200 多个岛屿连成一张光网，使马尔代夫从 2G 通信跨入 4G 时代。

亨通为全球光纤网络与能源互联网建设，提供中国方案，贡献中国智慧。

这根中国新丝都的光纤丝，在甘肃临夏康乐县、江西抚州广昌县，扶贫先扶智，教育扶贫编织出一张又一张未来的智慧之网。

2019 年 7 月，崔根良应邀出席“中国光彩事业临夏行”系列活动，徐飞华也随同前往。

前往临夏，是为了追随总书记的脚步。2013 年春节，总书记曾沿着陡峭山路，前往山大沟深的临夏东乡布楞沟村看望东乡族群众，调研考察脱贫攻坚工作。

临夏州是国家重点扶持的“三区三州”深度贫困地区之一，脱贫任务重、难度大。

徐飞华说，在临夏，我们参观了脱贫后“华丽转身”的布楞沟村，并与同行的企业家交流了帮扶深度贫困地区的经验，虽然各自采取的方法不同，但在长效扶贫避免返贫方面，我们有着共识：治贫先治愚，扶贫先扶智。

临夏行活动中，我们前往康乐县白王乡冯马家村进行扶贫考察。此处的自然环境不可谓不恶劣，虽有人烟，却依旧近似于荒漠戈壁，各类产业基础薄弱。除产业基础薄弱外，当地的教育条件也尤为落后。

位于临夏州康乐县白王乡的冯马家小学教学条件极为恶劣，现有校舍仅为教室、教师宿舍、教师办公室及厕所用房。由于教学用房严重不足，小学 3—4 年级、5—6 年级均为复式班，幼儿园大班、中班为混合班，严重影响学校正常教育教学工作的开展。同时原有教室年久失修，部分墙皮严重脱落倾斜，门窗损坏，屋面破损，存在严重安全隐患，过于破旧不能继续使用。

儿童是祖国的未来，更是家庭的希望。几番讨论下，我们决定为冯马家小学新建一座 610.86 平方米的框架结构教学楼，以改善学生的就学条件和生活条件，解决冯马家村及周边村 130 名学生就近入学的问题，为当地通过教育扶贫阻断贫困的代际传递打下坚实基础。

回到吴江后不久，我就开始跟进冯马家小学建设工作。捐赠的 200 万元资金很快到位，教学楼建设工作也顺利展开。

除冯马家小学之外，我们还开展过很多教育扶贫工作。在江西，我们捐资数百万元，支持广昌县 5 所乡村小学改造翻新扩建，购买教学设施；在重庆，我们参与“光彩爱心家园——乐和之家”项目，为贫困地区农村留守失学儿童提供爱心救助，让他们重返校园、重进课堂、重享温暖；在新疆伊犁哈萨克自治州、贵州铜仁、西藏桑日县，我们援建希望小学，设立中小学生助学基金，添置幼儿教学设施用品等，为困难学生顺利完成学业提供必要帮扶。

党的十八大以来，习近平总书记就做好教育扶贫工作做出了一系列重要指示和批示，提出殷切希望，强调扶贫必扶智，治贫先治愚；扶贫既要富口袋，也要富脑袋；强调让贫困地区的孩子们接受良好教育，是我国扶贫开发的重要任务，也是阻断贫困代际传递的重要途径，同时，将发展教育列为精准脱贫“五个一批”工程的重要一项。

在开展教育扶贫时，我时常会想起崔总说过的一句话：“抓住了教育扶贫这个根本，让贫困地区的孩子们接受良好教育，就是让‘明天’更有希望。”

徐飞华说，亨通慈善基金款的投放原则：事先调研，摸清帮扶对象的基本情况，完善企业帮扶措施；跟踪项目进展情况，适时调整；过后回访，踏踏实实，把钱用在最需要的地方，确保每一个环节不掉链子。

广昌县位于江西省东南部、武夷山西麓，是原中央苏区的“北大门”，也是第五次反“围剿”的主战场，发生在这里的著名的高虎脑战役，为红军主力和中央机关战略转移赢得了宝贵时间，也为中国工农红军二万五千里长征赢得了宝贵时间。

广昌县下辖 6 镇 5 乡 1 场 129 个行政村和 1 个省级工业园，总人口 25 万，除汉族外，也散居着畲、蒙古、壮、回、满、瑶、苗、土等少数民族。

徐飞华说通过摸底调研，发现老区因经济因素制约，文化教育程度偏低，成了制约当地贫困人口发展的根本原因。文化程度较低，对于农民学习技术、提高生产技能是个障碍。扶贫先扶智，文化程度的提高是一个长期的过程，是贫困人员摆脱贫困的基本保证，因此亨通决定在当地开展教育扶贫，落实习近平总书记关于“治贫先治愚，扶贫先扶智”的扶贫工作系列重要讲话精神，确保学生零辍学，为学校添置现代教学设备、办公办学设施及现代网络，助力学校教书育人，为国家培养后备人才。

亨通集团于 2015 年开始援建原中央苏区江西广昌的塘坊镇张坊村、塘坊镇熊坊村、头陂镇塘下村、头陂镇羡地村、甘竹镇洙溪村 5 所农村小学。

这 5 所乡村小学通过亨通援建，有效地改善了当地学生的学习环境，使很多孩子能就近入学，解决了乡村少年儿童上学难、入学难的问题，改善了当地小学教育资源不足、现阶段办学条件和办学设施落后的局面，极大地提升了当地的教学质量，满足了人民群众对教育的需求，促进了当地教育事业的发展。通过建设素质教育场所提高城乡教育均等化水平；通过体验交流帮助开发贫困农村少年潜质，拓宽贫困农村少年成才渠道；通过博爱、关怀、分享服务社会，实践亨通慈善宗旨。让贫困学生享受与其他学校一样的阳光雨露，让他们在爱心呵护下健康、快乐地成长。

徐飞华说，当时亨通慈善基金会秘书长是徐云峰，他代表亨通去广昌参加捐款仪式并讲话。

广昌县县长欧阳巧文代表广昌县委、县政府向爱心企业的慷慨解囊表示衷心的感谢。欧阳巧文表示：我们将认真用好每一笔捐赠资金，管好每一个项目，办好每一件实事，认真抓好援建学校进度和质量，确保每个捐赠项目都建成优质工程、满意工程。

把好事办好、善事做成，用好爱心善款，改变老区教育教学环境，4 年后亨通慈善基金会对此项目进行了回访。随团回访的还有《苏州日报》记者陆宇其、蒋思悦。

“漫天皆白，雪里行军情更迫，头上高山，风卷红旗过大关。此行何去？赣江风雪迷漫处。命令昨颁，十万工农下吉安。”在宽敞明亮的教室里，乡村教师王子鸣正给孩子们讲解着毛泽东的《减字木兰花·广昌路上》。

走过一道岭，翻过一座山，学校还在山那边。昔日的广昌县地处山区，居民分散，办学基础条件差，校舍不足、功能不全、设施陈旧等问题严重影响了教育教学质量的提高和发展水平的提升。如今，这样一个历史悠久的老苏区在教育扶贫的道路上，亨通光纤丝为她织下一幅幅亮丽新风景。

塘坊镇张坊小学整体新建，项目建设内容为新建一栋教学综合楼，框架结构两层，建筑面积 880 平方米；建设篮球场和操场及校门、道路、围墙。整个工程所有项目已于 2017 年 8 月全面完工验收合格，并同时投入使用，目前在校生人数为 30 人。

从吉安县开车 50 多分钟，经过蜿蜒颠簸的山路，亨通集团慈善基金会工作人员和随行记者来到了塘坊镇张坊小学。上午 10 点，正是孩子们做课间操的时间，全校 19 名男生、19 名女生，在操场上跟着老师做操。

站在学校操场上向远处眺望，视野开阔，能看到村子里很远处错落的民居和收割后的稻田。2015 年，亨通集团慈善基金会的捐助重建，使这座大山里的乡村小学焕然一新：绵延起伏的山林间，红色围墙掩映着张坊小学米白色的新校舍，在深秋的阳光下显得格外温暖明媚。围墙外是村里的土路，墙内是水泥浇筑的平整操场、红绿相间的硅 PU 篮球场地、两台绿色篮球架和红色乒乓球桌，在孩子们叽叽喳喳的笑声中，静默的山林也透出欢乐与活力。

校舍不高，只有 2 层 6 间教室，但每个教室都被充分利用。除了教室和教师办公室外，记者还发现了一间阅览室，一面书架上大概有 100 多本藏书，大多是中小学生作文杂志和儿童读物。午休的时候，不少学生会选择来阅览室看书。教学楼一旁的公共卫生间贴了瓷砖，设有自来水管冲水，干净整洁。

这是新建后的张坊小学，于 2017 年 6 月建成，8 月竣工，9 月开学。2017 年 12 月，学校接受国家县域义务教育均衡发展督导检查，据校长介绍，当时几位督学直言："没想到在如此偏远的农村小学，校园建设搞得如此之好。""很震撼。"

然而，重建前的张坊小学，在村里地势最低洼的地方。顺着新址门口蜿蜒的乡间小路向下走，5 分钟的步行便来到了学校旧址。如今，这里木质门窗破败，钉在木门上两块标有“二年级”“四年级”的牌子摇摇欲坠。门前堆放着成捆的树枝，看上去已闲置了很久。一条向下延伸的沙石路是学校进出的通道，记者走在上面，小石子硌脚，有风吹过便尘土飞扬。张坊小学负责人李璇说，从前，这里一下雨，操场、校舍就被淹了。“操场上满是稀烂的黄泥，雨一大，这里就像个烂泥塘。”校舍除了教室和办公室，再无别的房间。卫生间是黄土筑的旱厕，不能冲水，需要从外提水来冲洗。

学校工作人员告诉记者，为了新建这所学校，村里铲平了一个小山头。如今的张坊小学占地 2970 平方米，比原来多出近 1000 平方米。38 名学生分别就读 1—5 年级，由 6 名教师进行教学。

11 岁的黄亿庭在张坊小学读四年级，“以前的老学校，教室里没有电灯和风扇，到了傍晚就看不清黑板上的字，夏天再热也只能忍着。课桌是老式的木课桌，桌面坑坑洼洼；现在我们用的是新课桌，比以前的好看、舒服”。在亨通捐建下焕然一新的校舍，为孩子们提供了明亮舒适的学习环境，让他们不再受酷暑的闷热煎熬，冬季凛冽的寒风再也吹不进来，握笔的手再也不会因冻僵而把字写得歪歪扭扭了。

黄同学还告诉记者，自己最喜欢上音乐课，因为喜欢音乐课上老师播放的音乐和视频。而这些都来自于教室里的 seewo 一体机。语文老师叶文英说：“山里孩子接触面小，见识少，需要老师用多媒体设备给他们播放图片、视频来拓宽孩子们的眼界，让他们知道，外面的世界丰富多彩。”

由于教师人数较少，学校采用两级复式班教学模式：两个年级学生共用一间教室，教室的前后两端均设有黑板，两个年级的学生背对背坐着。老师在给其中一个年级的学生讲课时，另一个年级的学生则自习、做作业，然后再交换过来。相比城里学校的教学条件，这种教学方式略显古老和陈旧。“但老师人数太少，这么做也是迫不得已。”李璇说。

塘坊镇位于赣闽交界山区、武夷山脉西麓，三面环山，距离县城近百里，边远，闭塞。如今，由于政策的扶持和校舍环境条件的提升，已有一些从山里走出去的读书郎，选择在毕业后回到家乡，张坊小学的黄晓东老师就是其中一位。黄老师小学时曾是张坊小学的学生，后来考上新疆大学音乐系，现在又回到母校教书。教师叶文英说："我小的时候，村里只要有点文化的人都可以教书，哪怕只念过小学、初中。"如今，教师基本都是大专或本科院校的师范毕业生。

校长李璇说："亨通的捐建真是一场及时雨，在这样好的环境里学习，是这一代孩子的幸运。我希望我的学生能比我走得更远，看得更多。"

2020年4月23日，是"世界读书日"正式确定的第26年，广昌县莲乡爱心联谊会开展了"荷风爱心书橱捐赠"活动，为塘坊镇张坊小学捐赠了爱心书橱2个，发放书籍300多册，价值累计7000多元。

志愿者们早早地来到学校，把书籍整齐地摆放好，并打开书本，鼓励学生们认真读书，丰富知识储备。孩子们也纷纷拿起书本，开心地阅读起来。这次捐赠的课外书籍主要有《格林童话》《百问百答》《希腊神话》等。内容涉及自然科学、中外名著、少儿百科、绘本读物等，帮助学生们拓宽视野，启迪智慧，养成爱读书、读好书的好习惯。一滴水，可以滋润一寸土地；一本好书，则可以成就一个梦想。此次活动的开展，引导全社会的人关注学校，关爱儿童，让更多乡村孩子享受到读书的快乐，接受文化的熏陶和教育。

亨通捐资200万元，让张坊小学面貌焕然一新，也引来各界更多的关注和资助。老师们更安心于教学工作，钻研教材，认真备课；课堂上学生们的学习兴趣更浓，课后爱读书也渐成风气。校园里生气勃勃，一派欣欣向荣的景象。

塘坊镇熊坊小学重建，项目建设内容为新建教学综合楼1栋，框架结构3层，建筑面积1223平方米；建设篮球场、校门、围墙、给排水管网等。整个工程所有项目已于 2016 年 10 月全面完工验收合格，并同时投入使用，目前在校生人数为 58 人。

塘坊镇熊坊小学坐落在错落的村舍中间。走进学校大门，3 层教学楼上写着“厚德健体，诗文润心”8 个大字。红白相间的楼宇、平整的水泥操场，红色围墙将校舍与周围的民居隔开。若不说这是一所乡村小学，它和苏州乡镇的任何一所普通学校看上去没什么区别。熊坊小学负责人却告诉记者，曾经，这里不是这样。一切改变都源自于 4 年前的夏天。

2015 年 8 月，亨通慈善基金会通过中国光彩事业基金会向熊坊小学捐赠了 130 万元，为学校新建了教学综合楼、运动场、校门、围墙等设施，使这所学校从原来的 1800 多平方米，扩建为现在的 2290 平方米。目前，学校有 58 名学生，8 名教师。

走进教室，电灯明亮，电风扇整齐，墙上贴着充满童趣的动物贴纸，孩子们正在跟着广播做眼保健操。听到有人来采访，其中一个调皮的小男孩转过身来对记者做了个鬼脸。教学楼中另外有一间教师休息室、一间阅览室。操场上，一个班的学生在上体育课，在平整的水泥路面上追逐着一只足球跑来跑去。

而在改建前，教学楼是 2 层砖木结构的土坯房。由于操场地势较低，常会有雨水、居民生活用水等流入学校操场，造成积水，学生上课、活动十分不便。改建时，路面被垫高了 1 米，与百姓房屋保持齐平，积水的现象再也没有发生过。

1999 年出生的张露萍现在在熊坊小学任实习老师，教数学和英语。十几年前，她也曾是熊坊小学的一名学生。“那时候，学校没有围墙，操场上有鸡鸭的粪便。也没有广播，电风扇是坏的，夏天上课很热。”

张露萍是师范生，持有教师资格证，给孩子们上课用的是一口流利的普通话。而曾经只要读过书的人都可以来学校做老师，张露萍说，小时候，老师们用方言给学生讲课。

中午午休的时候，不少孩子喜欢到阅览室读书，虽然藏书量不多，但用课桌拼成的阅读书桌摆放得整整齐齐，从孩子们认真的表情可以知道，他们很享受能读到课外书的时光。而在学校重建之前，学校里没有阅览室，也没有课外书。孩子们唯一的阅读材料，就是课本上的课文。

临近中午，学校食堂飘来饭菜的香气。张露萍告诉记者："我读书的时候，学校没有食堂，我们会带着自家的剩饭剩菜来学校，中午学校帮着热一热，就是一顿午餐了。"现在，学校有了食堂，有阿姨料理学生午餐，每天四菜一汤，比自己小时候幸福多了。

除了食堂，令张老师印象最深的，是小时候上的厕所。"那时候是水泥砌的旱厕，不能冲水，又脏又臭。"2015 年改建时，亨通集团为学校新建了给排水管网。当记者走进现在的卫生间时，看到的是贴着瓷砖的厕所，轻轻一拉水箱，自来水便将厕所冲洗得干干净净，没有异味。

所有这些改变，都来自 4 年前亨通集团的援建计划。"这笔钱改变的不仅仅是一所学校，更是塘坊乡孩子们的童年生活和整座村庄的未来。"张露萍感慨地说。

头陂镇塘下小学改扩建，项目建设内容为新建 1 栋教学综合楼，框架结构 2 层，建筑面积 435 平方米；教学楼改造 334 平方米；建设篮球场和操场及校门、道路。

整个工程所有项目已于 2016 年 4 月全面完工验收合格并投入使用，目前在校生人数为 33 人。

在头陂镇塘下小学教学楼背后，是几十亩的莲田。每年荷花开放的时节，老师带着学生们背诵《晓出净慈寺送林子方》。每每背到"接天莲叶无穷碧，映日荷花别样红"时，老师便会让学生到窗口眺望成片的荷田。荷花娇艳，荷香动人。

虽然景色优美，但曾经，校舍的安全隐患，是困扰校长曾国生多年的问题。在学校改建以前，一直用着 1984 年的老校舍，预制板结构的校舍铺着木板楼梯，走上去，年久失修的阶梯发出吱呀声。

为改善乡村小学落后的设施建设，2015 年，亨通集团通过中国光彩事业基金会，向塘下小学捐助资金 100 万元，为的就是孩子们能在安全、牢固的新校舍里安心上课，免去后顾之忧。

如今，记者走在塘下小学的校园里，框架结构的 2 层楼校舍，建筑面积 435 平方米，是当年亨通在此援助新建的。一旁改建过的 3 层教学楼，建筑面积为 334 平方米，也来自那 100 万元捐助款。亨通不仅实现了师生们在安全校舍里上课的愿望，还改善了教学环境，为相对落后封闭的乡村带来了现代化的气息。

塘下小学教师符雪飞是这一切变迁的见证者，1977—1983 年他在这里读书，后外出求学，并于 1990 年回到母校工作。刚来学校任教时，学校有 400 多名学生，另有五六个教学点。但砖木结构的教学楼、用油漆漆黑的木黑板、教室里没有电灯也没有风扇，给教学带来了诸多不便。学校里只有简单的几间教室，除了桌椅、黑板别无他物，阅览室、教师休息室更是想都不敢想。

如今，走进教学楼，教室里电灯明亮，每个教室都装有风扇。多媒体教学组合推拉式绿板替代了原来会开裂、擦不干净的木质黑板，一个班的孩子正在用一体机中的屏幕观看视频。由于新建了教学楼，学校还有多余的教室可用作阅览室、食堂和摆放电子琴、教学仪器的杂物间。站在楼道里的窗户旁向外望去，微风拂过荷塘，荷叶随风摇曳，为这座新建的小学增添了自然野趣。

幸鑫是六年级的班长，班里一共 7 名同学。他说："以前，我们用的是纯木头做的课桌，写字时桌子摇摇晃晃站不稳，现在的新课桌稳多了。"幸鑫最喜欢上数学课，他说，老师会在 seewo 一体机上用多媒体设备展示例子和题目，这比从前单靠老师语言描述和黑板板书清晰直观多了。午休的时候，他会去二楼阅览室读课外书。最近，幸鑫迷上了《西游记》，而在拥有阅览室之前，孩子们唯一的读物就是课本上的课文。“学校重建以后，我们上课的条件变好了，同学们上课也更有积极性了。我会努力学习，感谢给我们提供现在学习环境的叔叔阿姨们。”

幸鑫家住附近，每天骑 15 分钟的自行车来上学。记者看到，教师的电瓶车、学生的自行车都整齐地停放在学校的车棚里，新建的操场上干净整洁。而在此之前，学校没有车棚，电瓶车、自行车都零散地停在操场上。

站在教学楼上向下望去，曾经没有任何体育设施、风一吹便尘土飞扬的沙石地操场，经亨通集团援助翻修后，已成为了有塑胶跑道、两个篮球架、三台乒乓球桌以及塑胶篮球场的新操场。泥地浇上了水泥，再不会出现以前一下雨就污水遍地的情况。重建的校门、安装的摄像头，也进一步保障了学生的安全。

“感谢亨通集团为塘下小学所做的一切，现在学校硬件条件变好了，接下来我们会加大师资力量的引进，让更多年轻人回到这里。下次荷花开的时候，希望你们来塘下和孩子们一起赏荷花，吃莲子。”曾校长说。

头陂镇羡地小学改扩建，建设内容为教学楼改造，砖混结构 3 层，建筑面积 629 平方米；新建食堂综合楼，框架结构 2 层，476 平方米；建设篮球场及操场、道路、围墙、给排水管网等。

整个工程所有项目已于2016年10月全面完工验收合格，并同时投入使用，目前在校生人数为 47 人。

头陂镇羡地小学，位于头陂镇东部的羡地村。走进学校，最先映入眼帘的是一整片平整的操场：铺着硅 PU 的篮球场旁有一条 60 米长的塑胶跑道，这在地势极为不平的山地间让人眼前一亮，另有两台篮球架、两台乒乓球桌和一个沙坑。两幢红色墙面的校舍从很远处就能望见，在绿林的掩映下显得尤为醒目。校长吴厚文告诉记者，这一切，都是亨通慈善基金会捐建后的成果。

2015年以前，羡地小学使用着1999年修建的教学楼，经过多年风雨侵蚀，屋面开裂渗水严重，门窗破损，急需全面改造。学校食堂、宿舍和厕所建筑结构简陋，被鉴定为D级（一类）危房，存在严重的安全隐患。另外校园环境简陋，地处山冈，路面凹凸不平，学校校园两侧没有围墙，也没有系统的给排水管网。

面对这样的教学环境，2015年8月，亨通慈善基金会捐赠70万元，用于小学全面改造教学楼、新建食堂综合楼、运动场及道路、围墙等设施。如今，占地近4000平方米的校舍焕然一新，改建的教学楼为2层，有6间教室，能抗7级地震；新建的食堂综合楼为3层，有8间教室。“再省不能省教育，我们要让学校的建筑高质量，让老区人民的后代有一个优美舒适的学习环境。”这是崔根良的心愿。

吴校长向记者介绍：“以前，最让我头痛的是学校的操场。那时候操场分成上、下两块，中间有高度达1米的距离，看上去好像一条大裂缝。亨通为我们重建以后，低洼部分的操场已被整体垫高，与上操场连接成为一整片活动场地。”相比以前光秃秃的沙石地、水泥地，新建后的操场变得更专业、更安全，更适宜孩子们玩耍和开展体育运动锻炼身体了。

在新建校舍以前，学校只有一幢土坯平房，校舍里除了低矮的教室，再无其他房间。现在，记者漫步校园，看到除了教室外，另有教师宿舍、学校食堂、教师办公室，并有一台办公电脑及seewo多媒体一体机。两幢校舍均有网线，每个楼道的尽头，都安装了摄像头，记者数了数，一共6个。在学校的监控室，透过监控屏幕，校舍的每个出入口一览无余，保障校舍及学生安全。曾经空心窑砖砌就、不通自来水的旱厕，也改造成了可以冲水的贴着瓷砖的干净卫生间。

“感谢亨通集团为我们提供了这样的条件。有了教师宿舍，老师在这里教书更安心了。条件变好以后，学生们学习也更有积极性了。在去年的全镇科目考试中，13 个科目我们学校有 6 科获得第一。”吴校长颇为自豪地说。

洙溪小学位于广昌县甘竹镇。小镇在群山的包围中，这里的大多数年轻人都进城务工了，不少孩子也跟随父母去城里读书，只剩下 16 个孩子继续留在村里。2015 年，亨通慈善基金会为广昌县捐建校舍，并没有忽略这所只有十几名学生的学校。改造后的砖混结构 3 层教学楼建筑面积为 1359 平方米。教室门口铁门牢固，钢制窗户结实，玻璃透亮。全校有 5 台 seewo 多媒体一体机供 4 个年级的学生上课使用。

记者在现场看到，与当地其他小学不同的是，这里除了教室休息室和阅览室，还设有音乐教室、舞蹈室、教具室、计算机室、广播站、科学教室等。音乐教室里，电子琴、钢琴一应俱全。教具室中，托盘天平、显微镜、人体解剖模型等各科教具分门别类地整齐陈列在各橱柜中。走进计算机教室，14 台液晶屏电脑分 4 排安放。翻开该教室的使用情况登记表，从今年 2 月起的教学使用记录清晰完整：练习打字、编辑文稿、创建课程表……三四年级每周 1 节的计算机课，给孩子们提供了接触使用计算机的机会。

亨通慈善基金会捐赠的 100 万元慈善款，使得一间乡镇小学拥有了如此完备的硬件设施。项目建设中，主要教学楼被改造，同时新建了一幢框架结构 2 层楼，建筑面积为 405 平方米，设有食堂和卫生间。另外修建了 1 个篮球场、40 米塑胶跑道及道路、围墙等。

校长黎绵明说：“以前，教室的门窗是木质的。时间长了，木质窗框霉烂，玻璃掉落下来，只能用报纸、薄膜将窗户糊上，冬天风一吹，学生冻得受不了。现在用钢架窗框，装上透亮的玻璃，采光好，学生们也不用再受冻了。”

黎校长说，改造之前，学校没有篮球场和跑道。“操场是高低不平的沙石泥地，一下雨，外面就变得泥泞不堪。”现在，操场被硬化，有了2台篮球架和4台乒乓球桌，校园四周还种上了松树。曾经的旱厕，如今也被改造为可冲水的卫生间。原来的校门仅为两扇大铁门，且不牢固，时常有村里的鸡、狗窜进来。重修后，学校不仅有了新校门，一旁还设有门卫室，红墙绿树将校园与四周的山林相隔，在密林间守望着这十几名孩子的成长。“新黑板”看到的“新世界”，探索与好奇的种子已深植于孩子们的脑海里，总有一天，从孩子们的大脑里，会长出大森林、大油田、大煤矿，会长出宇宙飞船、深海潜艇、星链太空网……

据统计，截至2018年年底，全国832个贫困县已基本完成义务教育改薄建设任务，3700万名农村学生营养健康状况得到显著改善，身体素质明显提升，全国28万名农村特岗教师活跃在中西部22个省份1000多个县3万多所农村学校（村小、教学点）。

“这个时代对一个国家来说，重心是要发展教育，而且主要是基础教育，特别是农村的基础教育。没有良好的基础教育，就难有有作为的基础研究。”对任正非的话，崔根良十分赞同。崔根良的夫人钱丽英，曾经是位小学教师，小学的教育是至关重要的，多少孩子的兴趣养成都是在这个年龄阶段。十年树木，百年树人，只有基础教育抓好，在这片肥沃的土壤里，才能长出好庄稼来。

国家的未来就是教育。亨通集团为教育扶贫投下巨额资金，帮助老少边穷地区的农村学校改建扩建校舍，添置现代教学设备、办公办学设施及现代网络，让孩子们在同一片蓝天下快乐成长，将来为国家为社会贡献自己的智慧和才能，在人工智能即将来临的时代，不会因为没有掌握科学文化知识而找不到工作，重新沦入贫困阶层。教育扶贫，是阻断贫困代际传递的最佳途径。亨通的这根光纤丝，以亨通速度连接起广昌 5 所乡村小学的美好未来，连接起这些乡村孩子与新世界的精彩未来。

第七章

广西华佳的拓荒者

站在华佳广西分公司的办公楼2楼，放眼望去，“陌上柔桑破嫩芽，东邻蚕种已生些”。远远近近的山峦，纵横交错的村路，青翠碧绿的草坡上有黑马驹、黄牛犊和雪白的小羊羔，柳江河像一匹亮闪闪的蓝色绸缎，镶着桃红柳绿荠菜花白的彩色滚边。

四周的桑田，给彩色的田野、山川、河流拥抱在怀，云雀在天上唱着歌，牛犊和小羊羔哞哞、咩咩应和着，桂中江南，世外桃源。

华佳人在广西象州开疆辟土，种桑养蚕，身在异乡不觉是异客，他们把这里当作创业和安居的第二故乡了。

王春花说，广西华佳分公司发展得这么好，不能忘记有功之臣樊文华。

樊文华原来是华佳总部的财务经理，2006年总公司委任她到广西筹备分公司并担任分公司副总，全面管理广西分公司。王春花说，当时的筹备组都是华佳的精英，他们离家很远，条件非常地艰苦，在这样的艰难情况下坚持不懈，团结一心，做好每一件事，坚持“把一粒茧做精、做美、做强”，与有一个好的领头人分不开的。

樊文华以身作则，带头没有白天黑夜地进行基建工程建设。她日夜工地连轴转，人晒得墨赤黑，新厂房新宿舍在她和全体员工的努力下，一天一个样，很快建起来了。

老员工们都还记得，当时这里是一大片荒地，有农田、水沟、小河，因为喀斯特地貌，还有暗溶洞。樊文华带领一班华佳的精兵强将，为了建厂房，他们用工程车拉来了半个山头的土，才算把这里填平。如今，广西华佳的员工，许多都是夫妻双双在这里，他们住厂里的职工宿舍，在厂区里种菜，把宿舍当家。有些人家，还把子女接来上学。

樊文华秉承王春花董事长的用人理念，在生活上关心，在事业上让大家有盼头，有发展后劲儿，特别重视对员工进行技术培训。聘请制茧工程师吴兴华来公司对员工做不间断培训，提高员工技能，保证产品质量。后续公司又将原来在大丰分公司工作的邓利明派到广西，他毕业于苏州丝绸工学院（后并入苏州大学），在广西分公司负责公司内部的生产技术管理。

2008 年，华佳在广西投资建设了 20 组规模的缫丝厂，又成立了年育种规模为 30 万张蚕种的育种场。2015 年，广西分公司成功生产出高品质生丝。

王春花说，樊文华对华佳广西分厂的发展有很大的贡献，她精打细算，保质保量完成前期基建工作，将华佳广西分公司发展成为来宾市的骨干企业，并培养出一支强大的技术队伍。

蚕种这一块，是整个华佳丝绸产业链的基础，是源头，重要性不言自明。蚕种培育场是华佳集团积极响应国家“东桑西移”政策，于 2008 年斥巨资兴建的，当年申请注册了“华象”商标，知识产权保护工作同步进行。为保证蚕种质量，培育场整合广西、江苏两地的优势技术资源，引进先进设备，注重过程管理，培育了优良蚕种，不仅满足本企业和本县的需求，同时销往周边县区，“华象”品牌在广大蚕农中树立了良好的信誉和口碑。

2008 年金融危机来了，蚕种从 80 元一张，跌到最低 5 元一张。

后来连 5 元一张也卖不掉，全烧了。蚕种场场长何金华说那种痛，无法用言语表达。

在樊文华的支持下，何金华不屈不挠，把20岁时在盛泽跑销售的劲头，再一次发挥得淋漓尽致。他说自己销售这块做得有起色，全靠努力跑，一天开车七八百公里，把蚕种亲自送到客户家里，不跑肯定不行，不跑没客户。现在，他说在广西境内，他的朋友从市县到乡镇再到大山深处，到哪儿都有人称兄道弟，请喝酒，敞开心窝子说话，两肋插刀帮忙。

男人嘛，就是活的这个劲。有朋友就有天下。

2012年其他部门利润下滑，但他这一年挣钱了，净利润180万。他红着脸不好意思地说，其实心里蛮惭愧的，至今也没给公司挣到什么大钱。只不过，蚕种这一块，咬着牙坚持下来了，这是华佳产业链的源头。相信明天更美好，现在出口这一块也小有收获。

到了蚕种催青时节，他更是吃不好睡不好，温度、湿度、气味、光线，一处都不能疏忽。

因此，他连烟都戒了。

广西华佳整个厂区都不能抽烟。蚕种场更是控制得严。

不以规矩不成方圆。

何金华说，樊总对下属要求严，规矩多，她自己以身作则，你不想按规矩做不行的。

广西华佳从无到有，从小到大，从单一缫丝到一条龙生产，一根丝从4A、5A到6A，直至现在做到了6A+。邓利明说，看着企业成长就像看着自己的孩子成长一样，心里充满了喜悦，也对过去的岁月不能忘怀，对樊总的领导和组织能力相当佩服。她在时花大力气加强工人技术培训、生产流程管理和质量检测，华佳广西分公司作为省级科技创新示范企业，已成为广西缫丝行业的标杆企业。

正是公司在科技项目上的不断投入，新品的不断开发，人才培养的可持续发展，才保证了集团丝绸产业链上每一道产品的市场份额。是的，广西华佳生产基地从选茧、煮茧、缫丝、检验、包装的工艺流程，从传统手工到现在机械化的升级转变，从一粒茧到一根丝的蜕变，都坚持品质优先，追求精益求精。

樊文华为此付出了整整 10 年的心血。

何金华说他 1985 年就拥有上百万的财富。他说那时挣钱真的太容易，20 岁小伙子做生意就像钱追着他跑。

钱来得快，也去得快。年轻发财不是个好事情，有了钱，诱惑太多。何金华说这话的时候，还是一脸无奈的样子。

王春花让他到广西，重新来过。

他不愿意，广西在苏州人眼里，是贫穷落后的代名词。广西一个自治区的 GDP，可能还不及一个盛泽镇。你让我去那种鬼地方，能挣到钱啊。姑姑（王春花是何金华的远房姑姑）你自己栽了不要紧，你别拿这事来忽悠我啊，我米箩不待跳糠箩啊。

王春花说，这么多年，你挣到钱了吗？你在天堂，你不努力不想做事情，整天跟些不上路的人鬼混，只会越混越差，信誉差，人品差，正经的人，谁还敢跟你交往？你换个环境，重新做人，打起精神来做事，姑姑不会亏待你。

何金华最终被姑姑的一片真心所打动，答应来广西脱胎换骨，在新的环境里洗心革面，做一个堂堂正正的人。

后来，他做到广西华佳蚕种场总经理，在广西娶妻生子，在南宁购房置业，第二次成了人生赢家。

他说 2007 年来广西时，这里没水没厕所，吃的东西也不对胃口，感觉从天堂好像一下回到了旧社会。

何金华哪能吃这样的苦，几次三番打退堂鼓想回家。王春花跟他说好男儿志在四方，吃不得苦中苦，哪能做人上人，姑姑信任你，你当逃兵跑了，机会就没有了。你安心在这里做，做好了，加薪提职，跑回去，坐吃山空，一家人为你痛苦伤心，你于心何忍？再苦，再累，有以前我们割稻车水累？没厕所造起来不就有了，没自来水通上了不就有了，房子造好，食堂开起来，不就可以自己烧，爱吃什么做什么。你坚持一下，艰苦只是暂时的，你放弃做逃兵，再好的机会也没有了。你想清楚。

何金华想想姑姑说得在理。横下一条心，在广西打个翻身仗。他头脑灵活，沟通能力好，也能吃苦，王春花让他独当一面，做蚕种场场长。

他说如果不是董事长费尽心思把他拉入正道，给他立规矩，他不可能有今天的二次创业风生水起，他也会像许多个跌入深渊的年轻老板一样，再也没有翻身的机会。

虽然有时也跟姑姑争，但知道姑姑做人做事的品性：宽厚仁慈，识人用人，人尽其才。所以，他现在死心塌地跟着董事长，死心塌地待在广西，不死心塌地也不行，现在老婆也是娶的当地的，儿子也在南宁上学，成绩很好，各门功课都在 90 分以上。何金华说起学习很好的儿子，满脸都是自豪。

他说只有一心一意把事情做好，把华佳的底托住，才能大河流水小河满，公司越发达，个人和家庭才能越兴旺。

华佳丝绸凝聚了姑姑 50 年的心血，她为华佳的生存和发展殚精竭虑、苦心经营，到现在还是不辞辛劳、日夜奔波，我们不奋进，不以她为榜样，心里想想怎么过得去，怎么对得起她嘛。

王春花帮助何金华，何金华报恩王春花，既缘于血缘情，乡土情，也超越了这种家族企业只讲人情不讲人才的传统观念，因为何金华毕竟真的有能力，是个人才。

十几年来，在广西，他打出了一番自己的天地。

何金华说回去后融入不到盛泽的人脉圈子里了，他原先的那些哥儿们，现如今已和他不在一个频道了，他与他们三观不同、志趣不同，甚至生活方式也不一样了，他已成半个广西人了。

他说，世事轮回，以前盛泽的庄面，盛泽的丝绸会馆，都是外地人在盛泽做丝绸生意扎下根来，娶妻生子，慢慢就成为盛泽人了。现在他刚好相反，为了丝绸，他跑到广西来，就好像当年的外乡人去盛泽落户一样。他说这真叫山不转水转，水不转人转。

何金华一个跌入人生谷底的失败者，加入广西华佳的拓荒者之列，为自己的人生找到了翻牌的机会。

“东桑西移”，人的心也移过来了。

在广西，王春花以企业的名义帮扶当地 15 户少数民族困难户，使他们在很短的时间内就摘掉了贫困户的帽子，走上发家致富小康之路。这些人家把王春花当作贵人，说没有华佳的帮助，他们还住在快要坍塌的破房子里，下雨刮风担心得不得了。现在盖了新房，家里有了存款，收入芝麻开花节节高，一年更比一年强。

每年“六一”儿童节，公司都会组织员工前去看望上坪华佳希望小学的孩子们，并送上节日礼物。他们因此拥有了城里孩子才有的积木、图画书、先进的电子教学设备。课后，你看孩子们玩得多开心，搭积木，玩布偶，做剪纸，画画唱歌打游戏，城里孩子有的，他们也一样有。他们的杜老师满脸笑容，和蔼可亲，看着孩子们玩游戏，打球，玩牌，自己也乐呵呵地参与其中。这里离镇上远，若不是华佳捐资修建了这所学校，这些幼小的孩子要走那么远的路程去镇里上学，晴天不说，一旦刮风下雨，泥泞路滑，说不定就真的辍学了。而不上学，不读书，他们的明天，他们的将来，能改变吗？

王春花说自己感到很欣慰，到目前为止，从这个小学走出去、念到高中和大学毕业的有 300 多人，他们都成了建设和谐美丽新象州的有用人才。

“百年大计教育为本。做百年企业，就必须坚守主业、创新发展，努力育好一群人，种好一片叶，制好一张种，做精一根丝，织好一匹布，做好一件衣。”王春花不仅以产业发展助力当地农户脱贫致富，还以爱心鼓励寒门学子积极向上奋发有为。

“董事长是女强人，也是有平常心的弱女子。她之所以能 50 年不动摇，坚持把一根丝做到底，做精、做强、做美，是因为她有大境界，有家国情怀。她凡事从大处着眼，与人为善，扶贫怜弱，但也绝不是毫无原则地和稀泥，该严时严，该宽时宽，宽严相济，以德报怨，以慈化恶。这与她受南怀瑾等大师的影响很有关系。她的涵养、她的胸怀、她的眼界、她的决断力、她的胜不骄败不馁，是在做事业的过程中，与良师益友的相处中，日积月累，悟出来，修炼出来的。”原董事长特别助理谈金麒如此说道。

虽然谈金麒现在已退休，在苏州和加拿大女儿家两地安享天伦之乐，但对华佳他还是怀有深情，大事小情都很关注，对华佳取得的成就和遇到的问题，仍像在职时那样默默关心，休戚与共。因为他在这里抛洒过汗水，付出过心血，与董事长相处 17 年了，对她了解很深，知道她的难处、她的辛苦和疲惫、她的高兴和快乐。

他说，做老板真的不容易，特别是纺织行业的老板，又特别是纺织行业中做真丝绸企业的。董事长每年过春节时的辛苦和疲惫，让他记忆犹新。他亲眼见到过年时董事长的煎熬，年真不好过，身心俱疲，一言难尽。

服装行业，春节前都是生产旺季，而服装纺织行业，大部分是外来工，春节他们都想提前回家。在春节前 10 天，工人开始陆续回家了，而厂里的生产任务非常繁忙，春节的假期又比较长，一般前后要 20 多天，人手特别紧张。为了员工能高高兴兴地回去过年，公司都会提前为员工购买车票，并结清当月的工资和全年的奖金，让员工走得欢心，来得开心。

送走了员工，老板就要和中层干部以及公司高管商量事情，并且要对他们进行考核奖励，还要让中层干部走时心满意足，皆大欢喜。

到送走高级管理人员，基本上都到小年夜了。家家户户都在忙忙碌碌中欢欢喜喜迎大年了，可作为“老板”，她就是完全没有这种心思。

因为纺织企业盈利并不很多，在这段时间里要准备好年终分配资金，采购好开工原料，还要给客户付掉应付款，所以在资金安排上压力蛮大的。

尤其当个别的人员，由于个人期望和公司的兑现不一致时，还会产生些矛盾，有的会直接找董事长，如果满足不了他的要求，就以明年跳槽相要挟。短短的时间里千头万绪，好似一团理不清的乱麻，以前没有暴露的问题这段时间全暴露出来了。

对家境困难的工人，董事长一直关爱有加，比如资助其子女上学。公司原财务小赵，从小学到大学都是由董事长资助。一位工人家中父亲突然过世，母亲独自上班，无法支撑儿子上学，董事长从高一资助其上学直到大学毕业。但是，并非所有人都心怀感恩，有个别人认为这是理所当然的，你办厂赚钱，还到外地去大把撒钱，帮助帮助乡邻、熟人、员工，是你的分内之事。过年时，也会提出一些不合理的要求。一旦目的未达到，就会惹是生非，特别伤人。董事长又是一个特别重感情的人，希望大家和和睦睦，能设身处地为别人着想。毕竟大家都各有各的难处，都应互相体谅互相帮助，和和气气地欢度新年，以求来年兴旺发达。但有的人不这样想，就是要让你过年过得不舒服。这时候董事长一般会委曲求全亲自去处理，以求大家快快乐乐过个新年，不让矛盾拖过年。

当人们开始享受春节快乐之时，董事长还在为公司处理各类事务。她也是上有老、下有小的家庭主妇，忙完了公司的事还要照顾自己的大家庭。所以每当大家欢欢喜喜过春节时，董事长因为既要照顾好公司又要照顾好家庭，比平常更是忙碌10倍，身心疲惫，这种精神上的压力和体力上的极端透支，不做企业不当老板的人，是很难体会到的。

当然，董事长忙碌着也是快乐的，与老朋友老领导老同事相聚的时候，聊起过去的事情，聊起现在取得的一些成绩，聊起未来的发展愿景，她开心得像个孩子，好像又回到了童年和少年时代，好像又回到了激情如火的青春芳华岁月。

但董事长给人的印象大多数时候是淡定的、沉稳的，特别是她个人因做出突出贡献，受到各级政府的表彰和嘉奖，取得各种荣誉称号时，她更是平静如水，没有一点张扬，没有一点喜形于色，她觉得这都是大家一起奋斗得来的，不能归功于她一人。

董事长成功时面对荣誉的淡定，危急关头的定力，日常做人处事的低调，艰难困苦中的百折不挠，都源于她内心的强大。而一个目标明确、胸怀宽广、意志坚定的人，你是打不倒她的。50 年的奋斗、50 年的辉煌、50 年的人生积累，就像深水养鱼，水大才能鱼大。否则，在广西、云南、贵州以及四川大凉山，董事长怎么能坚持既发展壮大华佳，又为当地发展丝绸产业、扶贫攻坚做出了那么大的贡献。在当地老百姓的心目中，华佳是他们的福星，使他们住上了新楼，娶上了媳妇，家里有了存款，孩子有了学上，日子一天比一天美。

谈金麒说到华佳，说到曾经一起共事的董事长王春花，饱含深情，公司在少数民族地区开拓奋进的故事，一串串信手拈来。

而苏州吴江的另一根光纤丝，也在革命老区把扶贫敬老的故事，通过敬老院洗澡的那些事儿，演绎得生动有趣，让人既感动又反思：什么是负责任的企业，什么是民族的脊梁，时代楷模应是什么样的风采。

第八章

鹤轩安耆——敬老院洗澡的那些事儿

江西三区（革命老区、边远山区和贫困地区）内的大部分敬老院均是翻新改造的民宅和企事业单位的用房，房屋简陋，地处偏远山镇，居住环境和设施条件很差。多数敬老院没有自来水系统，只有一口井，用水泵抽水，遇到停电，吃饭洗衣等都成问题。这些敬老院大多也没有卫生间和冲凉洗澡设施，没有热水供应，老人都会避免洗澡、洗衣。卫生条件无法保障使得老人们的身体状况每况愈下。

亨通出资的“鹤轩安耆”——江西革命老区敬老院改造工程先后对井冈山、兴国、吉安、于都等革命老区的25所敬老院进行了改造，并捐赠了26辆多功能救护服务车，老人们的生活就医条件得到改善。工程历时4年，扶贫投入近2000万元，受益老人达5000多人。该项目受到当地民众的好评，并获评“中国公益典范项目”。

兴国县位于江西省中南部，是中国著名的苏区模范县、红军县、中国烈士第一县和将军县。这里居住着客家人，还有畲族、满族等10个少数民族，且大多数分布在交通不畅、信息不灵的边远山区。近年来，该县实行国定扶贫资金向少数民族地区倾斜政策，帮助少数民族地区修公路58公里，建学校8所，架输电线路78公里，办加工企业21个，兴建水利设施改善灌溉面积1850亩，扶助资金275.48万元，改善了少数民族地区发展经济的硬环境。同时，加大科技扶贫力度，每年举办5期种养技术培训班。如今，每户少数民族家庭都掌握了1至2门实用技术，90%以上的家庭找到了致富路，630余农户成为当地科技种养大户。

吉安自古人杰地灵，素有“江南望郡”“金庐陵”的美称。自秦朝建制以来，这里人才辈出，名士荟萃，文化发达，民风淳朴。“唐宋八大家”之一欧阳修、民族英雄文天祥、《永乐大典》主纂解缙、宋代大文豪杨万里等一批历史文化名人先后诞生在这里，形成了中国文学史上底蕴浓厚的庐陵文化。在中国当代历史上，吉安创造了新的光荣，1927年，毛泽东、朱德等老一辈无产阶级革命家在这里创建了第一个农村革命根据地，锻造了“坚定信念、艰苦奋斗、实事求是、敢闯新路、依靠群众、勇于胜利”的井冈山精神。

吉安是少数民族散杂居地区，有畲、苗、回、满等37个少数民族，有3个民族乡、27个民族村、85个民族村小组。

2017年春节，40多名志愿者爱心人士到大冲乡敬老院送温暖，不仅送上节日礼物，还给敬老院的老人们带去精彩的文艺演出。老人们坐在宿舍一楼的走廊上，一边品尝水果点心，一边观看文艺表演。红绸舞热烈奔放，喜气洋洋；新疆舞节奏欢快，幽默逗笑。还有独唱、合唱等。老人们看得津津有味，时而交头接耳，指指点点；时而开怀大笑，拼命鼓掌。阳光下院子里的青草开始吐绿，不远处的树林中偶尔传来几声清脆悦耳的鸟叫声。演员们穿的红绸衣裤、亮黄色的少数民族裙子，还有辫子上扎的蝴蝶结，让老人们感觉今天的阳光格外明亮。大冲乡的妇联、共青团、企业家经常会组织这样的送温暖活动，让敬老院的老人们感到温暖、贴心，活得开心。

2019年端午节，大冲乡志愿者和部分企业家带上牛奶、粽子、咸鸭蛋等节日礼物，来到大冲乡敬老院，与老人们共聚一堂，欢歌笑语喜度传统佳节。

“没想到还有这么多人记得我们这些老人，谢谢社会好心人士，也谢谢党和政府的关怀。”收到爱心慰问品后，不少老人激动不已，不时地向在场爱心人士表示谢意。“端午节是我国的传统节日，尊老、敬老、爱老更是中华民族的传统美德，关爱老年人的晚年生活是社会的共同心愿，也是我们义不容辞的责任和义务。”

2019 年，亨通慈善基金会组织记者，到江西全国重点贫困县的革命老区敬老院回访。《苏州日报》记者蒋思悦是回访团记者之一。

11 月 14 日上午，亨通慈善基金会江西回访组前往吉安县大冲乡敬老院。这座敬老院坐落于尚官线旁，紧邻大冲街道。2 层的生活楼前有一片非常宽敞的土地，院长郭丽莉介绍，目前，这里生活着 23 名老人，工作人员可以在这片 20 多亩的菜地果园上栽种多种蔬菜，还可以种些近年声名鹊起的大冲百香果对外出售，以此来贴补平时敬老院的开销。

回访组一行到访时已是中午，饭菜香味从厨房中飘出。院长郭丽莉说，这个厨房在 2014 年也被列入亨通慈善基金的改造中，在原先的水泥地面上铺设了瓷砖，并立起了灶台，装上了抽油烟机。除此之外，2014 年的那次改造还将全院的 34 个厕所囊括在内，同时也加装了监控系统，共计花费近 18 万元。她带蒋思悦一行走进一位老人的房间，只见厕所内铺设了地砖，吊了顶，加装了马桶和扶手，整体看起来很干净清爽。厕所外，也有独立的洗手池和柜子，可供老人摆放生活用品。郭丽莉坦言，原先这些地方都是凹凸不平的水泥地。

说起这些年来厕所里的变化，今年 58 岁的老人罗嗣生有很多话想说：“以前用蹲厕很难安全蹲下，每次起身都容易摔跤，有了马桶就安全多了。”此外，他还提到了卫生间在经过亨通资金改造后，加装了吊顶，原来高悬在天花板上的灯现在离他更近了，每次洗澡感觉都更亮堂暖和，也不容易着凉。“水泥地铺上地砖后，更容易打扫，整个房间也显得更卫生了。”

蒋思悦还观察到了院内加装的 4 个监控器，一个对着大门，其余的将院子和走廊等几个老人们集中活动的场所监控得“一览无遗”。郭丽莉说，以前有精神问题的老人住在这儿的时候，时常会和其他人发生矛盾冲突，轻则拌嘴重则打架。而有了这 4 个监控器后，护理人员就可以时刻掌控他们的行踪，以便随时对他们进行照顾，“不用再提心吊胆了”。

2020 年 3 月 4 日，吉安大冲乡团委的青年志愿者，元宵节前夕又来到敬老院，帮老人们打扫卫生，铺床叠被，与老人们拉家常。他们还像往年一样带来了蛋糕，为 73 岁的蔡三英老人庆祝生日。宽敞明亮的餐厅里热闹喜庆，志愿者们带来糯米粉、汤圆馅，和老人们一起滚元宵。蔡三英老人头戴花冠，坐在餐桌中间，脸上笑开了花。一群志愿者围在她周围，为她摆放蛋糕，点亮蜡烛，唱起《祝你生日快乐》的歌曲。满堂欢声笑语，其乐融融，一派祥和。敬老院的会计郭小英说，每年都这样，逢年过节，送吃的穿的，载歌载舞为老人们表演节目，逗他们开心，就像老人们的儿女一样贴心。

吉安县梅塘镇敬老院位于梅塘镇南部，被广袤的田野所包围。11 月 14 日下午，回访组登门进行探访。院长裴祥雪向大家介绍，目前，院里 2 栋楼里居住着 19 位老人，总面积超过 2000 平方米。

2014 年，亨通慈善基金会“鹤轩安耆”工程将这座敬老院的“卫浴厨”进行了改造，还对大楼的水电系统进行了全面的改造升级，共计花费 184500 元。裴祥雪表示，结合慈善资金，县民政局还追加了一笔资金，利用大楼后面的空地，进行扩建，为老生活楼的 27 个居住间加装了现代化设施的卫生间。现在，每层楼间还设有公共浴室和洗衣房，可以最大限度地方便老人们的生活。

由于正是秋收时节，敬老院经过硬化处埋的院子成了晒稻子的绝好场地。几位老人还操着铲子在一旁帮忙。秋风裹挟着稻香吹来，宽敞的院落里处处是忙碌的身影。

肖蔓玲老人从 2013 年起就住在这里，她向记者回忆，以前敬老院可不是这样的——她刚住进来的时候，就感觉生活环境比较差，“屋外是泥巴地，屋内是水泥地”。有时想要洗个澡，还要自己从厨房提热水回房间。而现在，她们不仅有了铺设地砖的卫生间，卧室地面也刷上了地坪漆，设施设备完好的公共浴室24小时提供热水，再也不用操心洗澡的问题了。目前，敬老院有太阳能热水器4台，电热水器1台，完全可以满足老人们的需要。老人们是经过岁月风霜的人，有很多过去的故事对后辈们讲述，回访组成员们认真听着老人们的故事。随后，有的成员拉着老人的手询问生活情况，一起谈心，一起欢笑，虽然有时老人们的方言很难懂，但是成员中本地的同学给大家当起了“翻译”。大家在与老人们的相处之中，感受到了老人们对亲情以及来自社会关心的渴望。敬老院负责人介绍说，多数老人的子女都在外地打工，没有时间照顾他们，便把老人送到当地的敬老院；而少数的老人则是患有老年病，无人照看，便被当地政府安排在了这里。

11月15日上午，回访组来到井冈山市葛田乡的葛田敬老院进行了探访。只见2000多平方米的院落内，种植有多个品种的蔬菜，筛子上也晾晒着很多的红薯干。院长陈玉艳揭开厨房灶台上的锅盖，热气腾腾的红烧土猪肉展现在眼前，她说这也是院里护理人员自己养的猪。“今天的菜除了红烧肉，还有番茄炒蛋、红烧萝卜、南瓜汤，很香！”

据陈玉艳回忆，在2012年改造前，厨房是比较脏乱的。同时，院里的厕所也是一间在居住楼外面的“土厕所”，由水泥构成，不方便清洁，对老人上厕所也造成了很大的安全隐患。在亨通集团慈善基金援助后，他们将厨房和厕所进行了集中改造，在厨房添置了橱柜，进行了吊顶，将原来院里的杂物间改造成干净卫生的厕所，解决了老人们上厕所的问题。“现在老人们白天主要用一楼二楼的2间公共厕所，晚上老人普遍起夜频繁，我们会配给他们在房间里使用的小桶，护理人员第二天一早就会为他们清理。”陈玉艳说。

由于葛田敬老院居住的老人太少，井冈山市民政局副局长郭玮琼表示，目前打算将这 8 位老人送至大陇光荣敬老院安度晚年。考虑将葛田敬老院改造升级，打造成一处专门为失能、半失能老人提供统一照顾的养老场所，并进行营业，以满足社会需求。

11 月 15 日上午，回访组一行来到井冈山市龙市镇的龙市敬老院。在拐进一条狭窄逼仄的小巷后，敬老院宽敞的花园让人豁然开朗。这家坐落在繁华的龙市镇上的敬老院，目前住有 18 个老人，占地 9 亩，包括 2 栋 3 层楼的主体建筑和值班室在内的一些附属建筑。

记者走进老人居住楼楼梯口的公共淋浴卫生间看到，这里的厕所已经在地面和墙上铺上了瓷砖，也进行了吊顶处理。每间淋浴卫生间内，有 2 间卫生间和 2 间淋浴间。“水泥地上的蹲式厕所”，院长黄美英这样形容改造前的卫浴设施，“原先的厕所和洗浴设施非常落后”。据她描述，当时全院 30 多个老人要共用仅有的 2 间小厕所，洗澡的热水也要靠锅炉定时烧，非常不方便。

而在 2012 年，亨通慈善基金会对卫生间进行翻新后，老人们住的 3 层小楼每层都建有 1 个公共淋浴卫生间，这样全院就有 8 个淋浴房可供使用，极大地消除了老人们的洗澡烦恼。此外，卫生间地面和设施也进行了改造，铺设了地砖，进行了吊顶，安装了坐式抽水马桶，为老人上厕所提供了方便。

据悉，亨通对这座敬老院的改造还体现在厨房设施和门卫室的翻新上。院长黄美英表示，食堂的翻新提高了食堂工作人员的效率，而门卫室相关设备的添置则保证了老人们的安全。

记者在食堂遇到了正在用餐的许治民老人，他告诉记者，改造前，吃的比较差，平时洗澡也少有热水供应。而厕所，则像是农村“土厕所”般肮脏，晚上他要打着手电才能安全如厕。而现在，干净整洁的瓷砖，加上护理人员每天的辛勤打扫，让他感觉很舒适，也越来越享受在龙市敬老院的生活了。

11月15日下午，慈善回访小组来到位于井冈山市杨梅山村的市中心敬老院进行探访。隔着一大片农田，很远就可以看到敬老院锃亮的红色屋顶。院长朱晓云向记者介绍，这座敬老院是井冈山市规模最大的敬老院，目前有40位老人居住在此。敬老院占地达50亩，其中建筑物面积达6000平方米。该院于2006年在一家农业基地的原址上进行建设，2007年开始正式启用。

王智贺老人这样讲述自己的生活：我是一个孤寡老人，已经80多岁了。以前，我特别不愿意洗澡，不是我不爱干净，只是因为我不想麻烦别人。江西每年都有几个月持续的阴雨天气，在那种天气洗澡，别说是像我这种年岁，就是小年轻也受不了啊。所以，每次只有等到太阳出来我才能洗澡。

有一次，王智贺老人提着水桶去厨房排队打洗澡水，因为手里桶太重，路又滑，老人重重地摔在地上，被滚烫的热水烫伤。打那以后，老人在冬天再也不愿意洗澡。

在亨通“鹤轩安耆”工程帮助敬老院改造浴室设施后，浴室变得宽敞明亮，一开龙头就有热水，还在地上铺放了防滑垫，老人洗澡变得方便了。“现在不一样了，隔两天我就洗一次澡，年纪大了，冲个热水澡有助于晚上的睡眠。”

走进2栋楼间的小院，几位老人坐在花坛边坐着聊天，午后明亮的阳光下，大家看起来都非常精神干净。朱晓云带他们一行走进位于敬老院走廊交会处的这两间公共浴室，说起了没有公共浴室之前老人们的生活——在2012年设施改造前，老人们洗澡主要依靠厨房锅炉集中供应热水，这也就要求老人们需要在规定的时间来到厨房提水回自己的房间进行沐浴。记者目测了一下厨房到老人们房间的距离：短则50米，距离长的几乎有100米。对于身体较为利索的老人来说也很费劲，如果是失能或是半失能的老人，护理员就会提水去为老人洗澡。费时费力的洗澡流程，让很多老人不愿意洗澡，因此精神面貌也受到了一定影响。

回访组成员走进浴室，只见朝南的这两间屋子宽敞明亮，地上铺着红色的防滑垫，男女浴室每个分为 3 个洗澡隔间，每个隔间都异常宽大。“我们施工的时候特意让工人做得宽敞一点，方便护理员帮助行动不便的老人洗澡。”朱晓云表示，亨通援建项目中还包括 1 口水井和空气能热水器，但由于院里前些年通上了村里的自来水，水井也就不再使用了。

“早也可以洗，晚也可以洗，顶呱呱”，今年 81 岁的文家珍老人说起“洗澡那些事儿”，向记者跷起了大拇指。老人说从 2007 年她就住进了市中心敬老院，在 2012 年改造前，只有下午 2 点和 5 点会提供热水供老人洗澡，“我现在洗澡很轻松，24 小时都有热水可以用，我们也洗得更勤快了”。

蒋思悦说，这次的回访让她很受感动，老人们对亨通捐资改造养老院的居住和卫生设施条件，打心眼儿里十分感激，对这样的爱心企业都伸出大拇指夸赞。她说简直可以写一本书，名字都想好了，就叫《说说敬老院洗澡的那些事儿》。上厕所、洗澡对老年人来说，可不是一件小事情，是与吃饭睡觉一样重要的事情，甚至是更重要的事情。因为对年老体衰行动不便的老人来说，能够在一个安全干净舒适的地方洗澡、方便，是一件无比幸福无比爽的事情。

第九章

只把象州当苏州

邓利明即使在广西生活了这么多年，依然皮肤白净，眉清目秀，说话温文尔雅，一看就知道是受过良好教育的苏州男人，甚至有点像昆曲里的那种白面书生。他和妻子都在象州工作，住厂里的集体宿舍。孩子已经上大学了。夫妇俩看上去都特别显年轻，如果不问他，你根本不相信他们是有上大学的孩子的父母，看上去也就 30 岁出头的样子。他妻子脸庞秀丽，身段苗条，短发微卷，眼波清澈，并没有人们想象中的身在异乡的那种无奈和沧桑。邓利明说，这儿空气好，吃的东西原生态，这些年来他们连感冒也很少得。

这样的一位白面书生，让人压根儿不敢相信他刚来象州时的那股狠劲。他每天工作 16 小时，比在大丰时的工作强度翻一倍。为了把一根丝从 3A、4A、5A 一直做到 6A+，他每两年都得上一个台阶。而能做到 6A+ 的丝，必定茧要好。

到了收茧季节，11 个茧站，不仅他们收，别的人也来抢，那情形，跟苏州和如皋没两样。“蚕茧大战”其实就是“抢茧大战”，一直战火不断，为茧子打架是常有的事情。钱从银行领了放保险箱，保险箱放车里，看中的茧子抢先把钱付掉，“能做 6A 吗？”，买茧子头脑里蹦出的首先就是这个问题。

“我们已把这里当成了自己的家，回盛泽，心里还是牵挂着这里，住不满两天就又回来了。”

邓利明也说自己再也融不进盛泽的圈子了，人脉疏离了，共同语言也很少了，还是待在这里自在。

这么多年来，邓利明深深感觉到传统制造业赚钱不容易。一匝丝，180 克，售价是 150 元左右，可以生产两条爱马仕围巾。爱马仕丝巾便宜的三四千元，贵的上万。所以，创品牌，实现名牌高附加值是唯一出路。

邓利明 1992 年毕业于苏州丝绸工学院，先后在吴江和大丰工作过。他说 2007 年，他在家里因病大养休息了一年，厂里还照常给他发工资，董事长派他来，他无法开口拒绝。

邓利明科班出身，对丝绸历史的了解很深。他说中国古代的丝绸本来就是奢侈品，卖给古罗马君主、王公贵妇价同黄金；如今倒过来了，中国的丝织业以低端销售、原材料供应为主，别人一转手，在国际市场上几倍几十倍地赚。你看着心疼，但现实就是这么残酷。他举例说，2011 年英国威廉王子和凯特王妃大婚，其中凯特王妃所穿婚纱的真丝面料正是产自盛泽。这款面料以每米 180 元人民币的价格卖给法国一家贸易公司，这家公司再以每米 180 欧元的价格卖给英国品牌厂商，随后再被采购用于制造凯特王妃的婚纱，此时产品的价格已经超过 200 万元人民币。从 180 元到 200 万元，品牌的力量就是让人瞠目结舌。世界范围内，丝绸产业链上，毋庸讳言，我们还处于低端。所以，他说创立一个属于自己的高端品牌，而不再是“为他人作嫁衣裳”，从低端迈向高端，才能赚钱，才能生存。

邓利明说，王春花董事长她要做到最好，她要把丝卖到国外去，把华佳的生丝作为 6A 丝的标准。“国家标准最高是 6A，那我们就要做到 6A！专家说，自动缫丝车是七分看设备，三分看操作。既然我们的设备全部自动化更新了，操作管理也必须搞上去！”

从选茧开始，一步步往后面查，她跟在专家后面手里拿个小本子，一个环节一个环节地做记录。

4个月过去了，王春花带着丝厂制定了一套完整的管理要求，大家都把管理要求叫作“6A丝管理规范”，正是靠着这份管理规范，华佳的生丝从5A做到了6A，最后做到了超出国家6A两个等级以上的、人称“金6A”的“迎春花”牌生丝。

2019年10月，以金6A“迎春花”牌生丝作为技术指标对照产品，华佳作为第一起草人制定了国家团体标准《精品生丝》，为未来国家标准的修订奠定了技术和标准基础。

邓利明说，我们的丝虽然在国内已做到顶级，成为爱马仕等奢侈品牌的原料丝，但跟巴西的比，价格还有差距。因为巴西的蚕种比我们好，气候条件也比我们好。广西的气候条件不及四川，中国最好的茧料还是在四川。蚕种也是一个重要的原因，巴西的蚕种用的是日本的，但日本拒绝卖蚕种给我们，我们必须自己培育。日本的蚕种，拉出来的丝可达1800米，我们还做不到，还要继续努力。

王春花也说，以前我们企业的发展思路长期禁锢在以量取胜，以廉取胜，出口贸易自相残杀打价格战，最终成为国际市场的“地摊货”，辛辛苦苦“为他人作嫁衣裳”，教训不可谓不多。目前，世界丝绸奢侈品牌，还是以意大利、法国等为主，我们只有增强民族自信心，克服一切困难，坚守传统，创新发展，超越常规打响自己的品牌，才能在世界舞台上圆5000年的中国丝绸梦。不锤炼品牌，不把一根丝做到最精最优，你就永远处在下风口。华佳的白厂丝已达6A+水平，“桑罗”品牌日益深入人心，不仅在国内市场占有率越来越高，在欧美日本和东南亚，都具有一定的知名度。创百年品牌，敢与群雄争霸，是我的初心，也是我一辈子孜孜以求的目标。

邓利明说：“虽和同是供应商的巴西相比，我们的品质和价格还有很大差距，但我们不气馁不放弃，华佳将在种桑养蚕方面继续钻研，发扬‘春蚕到死丝方尽’的精神，努力赶超巴西品质，争做世界范围的领先者。”

为什么中国丝绸如今占据全球 80% 的市场份额，但高端市场却看不到一点痕迹？为什么一条爱马仕丝巾能卖几千元而国产丝巾沦为跑量销售的“地摊货”？

1994 年，带着这些疑问，王春花去欧洲考察，来到了科莫小镇。

从 14 世纪开始，养蚕工业从中国传到意大利，在科莫湖畔发展生根。现在全世界公认最好的丝绸来自意大利科莫。

科莫是欧洲最大的丝绸中心，丝绸销量占到整个欧洲的 80% 左右，但是大多的原丝和半成品都来自中国。

在一间印染车间，王春花看到有数千种不同颜色的染料，很多颜色之间的区别用肉眼根本无法识别。房顶上吊着巨大的木头架子，这些架子上悬挂的是数不清的筛网，下面是一篮篮来自中国的没有染色的生丝和坯布。在设计师和印染技术工人的合作下，经过一道道精细而繁杂的程序，这些生丝和坯布开始如夏花般绚丽绽放，让人惊艳——大自然的山峦、湖泊和鲜花碧草一瞬间在你眼前栩栩如生地流淌。这些珍贵精美的丝绸被最顶尖的奢侈品牌订购，销往附近的米兰，远一点的巴黎、伦敦还有大洋彼岸的纽约。

王春花心里百感交集，我们辛辛苦苦，只能为人家提供最初级的产品——生丝和坯布。

那一刻开始，王春花下定决心要把一根丝做精做美，不仅缫丝织布，还要转型升级，走高端化、差异化的发展道路，重视产品研发，努力创出自己的品牌。要让中国普通消费者都能用得起爱马仕品质的丝绸产品，让高雅、时尚、优质的丝绸产品走进神州千家万户。

后来她组建了一个 30 多人的研发设计团队，从工艺到样式，不断推陈出新。为管理好人才，她制定科研管理制度，规定每年科研资金要占公司年销售收入的 3%—5%。在她领导下的团队不负众望，研制的“膨体弹力真丝”实现全真丝绸的抗皱和抗变形，破解世界丝绸难题。华佳的丝绸产品也实现由睡衣、床上制品向高档丝绸西装、商务装的跃升。

在王春花的不懈努力下，华佳不仅组建了国家级博士后科研工作站、省研究生工作站、省企业技术中心和省茧丝改性与加工工程技术研究中心，还相继与数十所国内外科研机构、知名高校开展广泛交流及深入的技术合作，共承担实施完成国家、省市级项目 28 项。

坚持科技创新，重视知识产权，成就了华佳集团的核心竞争力。体现在一根丝上，就是做到了 6A+ 的国内最高水平，是爱马仕、阿玛尼等丝绸奢侈品牌的国内原料供应商。虽说价格提高了 15%—30%，但还是处于丝绸顶级产品产业链的低端。

只有创造自己的高端品牌，才能真正与世界名牌竞争。

爱马仕、阿玛尼等奢侈品牌的奥妙是什么？关键还是在设计。

傲慢的欧洲人，意大利著名丝绸制品公司 Mantero Seta SpA 的第三代继承人莫利兹曾说：“世界上最有才华的设计师，像范思哲（Versace）、普拉达（Prada）、拉夫·劳伦（Ralph Lauren）这些品牌的设计师，他们要求的是最快速、全套的服务，中国的生产商离他们太远，也不够敏锐，不能及时满足奢侈品牌变幻莫测的品位，另外这些顶级品牌的订购量相对较小，对于中国的生产规模也不适合。”

这话让王春花不能忘怀，“真丝织造一味追求量的增长不行，要在质量、品牌和科技创新上找出路，把真丝产品变成高档品种、创新产品、品牌产品，提高产品附加值”。

欧洲人看不起我们的产品，就是因为我们没有自己顶级的设计师。

女儿大学毕业回国后要创业，要创立自己的品牌，王春花二话不说，就给她注资成立了公司。

我们必须有自己的设计师，有自己的品牌。

王春花说：“科学技术是第一生产力，创新是引领发展的第一动力。21 世纪，各国之间经济实力的竞争已演变为民族品牌之间的竞争。民族品牌代表着国家的软实力，终究会发展成为国家的核心竞争力。”

确实，当今世界，拥有多少国际著名的品牌，是衡量一个国家的核心竞争力的重要指标。而且，民族的品牌代表着民族的内涵和精神，代表着一种文化特征。民族品牌就是民族的价值，体现民族的能力，渗透着民族的文化底蕴。所以，一个国家只有有了走向世界的民族品牌，才能提升国家的核心竞争力，推动民族文化迈向世界，在国际上具有举足轻重的地位。就像可口可乐是美国快餐文化的一种象征，拉斐尔红酒成为法国红酒文化的最佳演绎，阿玛尼是意大利时尚服装文化的专属代表。

盛泽人创新发展，将昔日的“丝绸古镇”成功创建为今天名扬四海的“纺织名城”，形成了千亿级的丝绸纺织产业集群、千亿级的丝绸纺织品专业市场和恒力、盛虹两个千亿级的企业，综合实力连续多年跻身全国乡镇第一方阵。

盛泽的丝绸纺织产业历经千年而长盛不衰，依托的不仅是物质基础，更是精神力量的支撑。源远流长的丝绸纺织产业发展史，早已凝聚成厚重的盛泽丝绸文化积淀，形成了“重商、务实”的独特民风和“包容、开放”的经济文化特色。以丝绸的柔性、韧性和包容性化解危机，以灵气、硬气和生命张力求变求新，在丝绸纺织产业的领域内不断追寻美丽、时尚和品位的极致，引领服饰面料的新潮流。这就是盛泽人所诠释的丝绸精神。

华佳发扬盛泽丝绸精神，创一流品牌，展绸都昔日雄风。

王春花对女儿的品牌推进战略，每一步，她都支持并跟进。为了保证原料的品质，公司在云南、广西等地投建桑田，同时成立了华佳集团博士后工作站，积极开展产学研合作，从源头保证了产品质量。

"我们对产品的创新从蚕茧基因开始，再经历缫丝、织布等过程，虽然生产周期长，资金投入大，但为了百年华佳，为了保证'桑罗'品牌的高端品质，必须这样做。"

这些年来，华佳已获得各类知识产权近500项，其中发明专利授权33项，PCT专利授权2项，先后承担并完成国家、省、市科技项目30余项，获得"纺织之光"中国纺织工业联合会科学技术进步一等奖，保持行业领先的核心竞争力。没有核心竞争力，就不可能创造和持续推进名牌的成长壮大。

华佳不仅在广西、云南等地投资建设缫丝厂和服装厂等，还坚持大力培养和使用少数民族员工，帮助少数民族就业，在同等条件下优先招收当地少数民族群众。以华佳广西分公司为例，目前广西分公司全员345人，其中有少数民族197人，占广西分公司全员的57%，包括壮族185人，瑶族8人，侗族1人，苗族1人，仫佬族2人，将广西华佳分公司打造成为一家少数民族占多数的企业。

王春花来广西分公司，经常会请少数民族的车间主任班组长一起用餐，一张大圆桌上，6个民族的人围坐一圈，壮、瑶、苗、侗、汉和仫佬族聚集一桌，亲热无比。欢声笑语中，自家食堂精心准备的一道道美食上来，当地的土猪土鸡土鹅土鸭，柳江河里刚捕捞上来的鱼虾，野蔬野菌，当地美酒也上来了，烹调既有当地少数民族风味，也有苏式风味。董事长举杯给各位车间主任敬酒，感谢她们全心全意为华佳的奉献，祝福她们车间年终多拿奖金。各个民族的歌声此起彼伏。王春花是真的开心啊，大家也都非常开心。下一季的生产计划，产品的质量改进，车间生产过程出现的问题，人员变换的调整，都在杯盏清脆的碰响中，有了清晰明确的解决方案。

每年年底，华佳广西分公司还会开迎新年庆祝大会，各民族的员工穿着自己民族的服装，上台载歌载舞，董事长致新年祝词，为优秀员工颁发奖金和奖状。气氛热烈隆重。

这里的少数民族员工，民风淳朴，工作努力，但由于见识相对少一些，文化水平也参差不齐，技术水平高低有别，公司会聘请各门类专家来给她们上课，让她们学到先进的技术的同时，也转变了许多理念，与外面的世界融为一体。只有思想观念转变了，技术水平才会提高得快。

王春花像关心自己的姐妹、自己的女儿一样关心呵护她们。

她也经常到生产第一线去巡视检查，发现问题当场解决。在缫丝车间，王春花亲自上机给操作工示范。她好像又回到了 20 世纪的 70 年代，又变回那个 21 号机车的优秀缫丝工了。当然，现在不是手工操作、土炉煮茧的时代了，华佳的车间都是一条龙生产流水线了。但关键岗位上，有的传统技艺还是能派上用场的。

正是多年来与少数民族群众接触的过程中，让王春花深知民族工作的重要性，为了提高对民族工作的认识，华佳成立了民族团结进步创建领导小组，董事长亲自指导工作。民族工作已成为华佳日常工作的重要组成部分，不断促进华佳在云南、广西等地的发展。

在广西多年，王春花个人分批资助了几十位贫困学生，为他们解决就学经费。目前她资助的学生每年保持在 25 人左右，其中已有 20 余位大学毕业并成功就业，实现“一人上学，全家脱贫”的目的。

为解决特殊贫困户救急解困和贫困家庭孩子的就学难题，王春花发起设立华佳慈善基金会，几年来基金累计投入 280 多万元，专项用于救急解困和助学帮困。

王春花说自己和邓利明他们一样，一年有大半年时间在广西，现在连口味都变成广西人了，喜欢广西的美食，喜欢广西的美景，喜欢华佳广西分公司的少数民族员工。回到苏州，心里也想着象州，待在象州，感觉这里就是自己的家。

由于受历史、区位、政策等因素的影响，我国经济发展水平与资源分布极不平衡。西部少数民族地区地域辽阔，资源丰富，有着较好的发展潜力，但由于缺乏资金、技术、人才、管理等，在发展上始终落后于东南沿海地区。而我国东南沿海地区，则具有较高的生产力发展水平，交通便利，信息灵通，工业基础雄厚，商品经济发达，市场经济已初具规模，在人才、技术、设备、资金等方面具有很大优势。因此，东南沿海地区与少数民族地区在资金、技术、人才、资源和管理等方面具有很大的互补性。建立两类地区的对口支援与经济技术协作关系，可以实现优势互补，促进各种生产要素在空间上的合理布局和优化组合，形成更加科学的区域经济布局，使东中西部形成各具特色的产业结构，推动产品结构不断升级改造。这既有利于增强西部地区的自我发展能力，也有利于增强东部地区的发展后劲。中央政府正是看到了东西部地区经济的互补性和两类地区相互依赖、相互合作的不断加深，希望通过对口帮扶政策的实施，来缩小地区间的发展差距，最终实现全面协调可持续的发展目标。

"东桑西移"，华佳是践行这一目标的典范企业。

第十章

一网情深——留守儿童和打工父母

纵观人类发展史，科技的进步集中体现在网络的发展，从最早的水网到路网，再到电话网、互联网等通信网，以光纤通信为代表的现代通信标志着人类科技的最前沿。崔根良深知，谁掌握了现代通信的话语权，谁就占据了未来科技发展的制高点。然而，13 亿人的中国，光纤需求占全球的 50%，却被一根小小的光棒“卡脖子”了！光纤预制棒是光纤通信产业最关键的核心技术，当时这个技术控制在少数发达国家手中，亨通跃跃欲试研发光纤预制棒，面对国内专家领导一片反对声，崔根良沉默不语，但他心里认为做企业就要有骨气，不能被人卡着脖子搞发展。最终亨通还是下决心启动这个项目。从 0 起步，近 4 年时间，投资 6 亿多，屡试屡败，屡败屡试，终于开发成功，结束了国外垄断的历史，成为中国率先拥有这项世界级核心技术及自主知识产权的企业！

大数据、云计算、移动互联网，新一代信息技术为代表的科技革命风起云涌，它们正以前所未有的力量，改变着人类的思维、生产、生活和学习方式。建设网络强国的愿景已经织就，信息装备和技术正成为这个东方大国赢得未来的强大驱动力。

光纤丝织就的信息网，网住了留守儿童和父母的一片心，让相隔千里万里的两代人，不因时空的转换而变得冷漠，让爱网见，让心贴紧。

西部地区的青壮年外出打工者，大多数将子女留在原籍，由祖父母隔代监护和亲友临时监护。留守儿童因父母不能在身边陪伴成长，出现了许多心理健康问题。据统计，中国目前已经有6200万的留守儿童，由于监护和教育不力等因素，大部分留守儿童缺乏学习能力和学习意愿，厌学、逃学、辍学等问题是普遍存在的。

中国人民大学人口与发展研究中心的研究显示，留守儿童学习成绩及初中教育的在学率都低于正常家庭儿童，进入初中阶段，留守儿童在校率大幅度下降，14周岁留守儿童的在校率仅为88%。而伴随着学习的远离，很多孩子的行为发生偏差，出现行为失范甚至越轨。19.6%的留守儿童觉得自己不如人，11.4%觉得自己受歧视，9.5%有过被遗弃的感觉。而在青少年犯罪中留守儿童的比例高达20%。

在中国光彩会、中华慈善总会的支持下，2013年，崔根良捐赠500万元参与重庆“光彩爱心家园——乐和之家”项目，为贫困地区农村留守失学儿童开展爱心救助行动，通过社会化、专业化方案，让留守失学儿童重返校园、重进课堂、重享温暖，让更多孩童健康成长、快乐成长，几十名因为缺乏父母照顾而出现抑郁症的留守儿童有了明显的改变，还有一名逃学、留级、很难管教、偷奶奶的低保费去泡网吧的留守儿童变成了双优生，个别有着犯罪隐患的孩子因为教育和疏导而走上健康向上的人生道路。

黔江区阿蓬江村、濯水村和小南海村，巫溪县羊桥村、大坪村、凉水村和思源村，酉阳县楠木村、花田村和小岗村，都是这一项目实施的试点村。10个村的留守儿童共1731人。每个区县派驻1名督导，每个村派驻3名社工在当地提供具体服务。黔江区是一个少数民族聚居区，土家族、苗族是两大主体少数民族。此外，还散居着回族、蒙古族、藏族、满族、维吾尔族、彝族、壮族、布依族等24个少数民族。

10岁男孩田志强，家住巫溪县菱角乡凉水村，是东溪村校四年级的学生。在家他是个独生子，自小就受娇宠。读一年级时，父母开始外出打工，只有在春节时买些东西回来探望一下，其他时间基本不回家。强强由他的爷爷和奶奶负责看护。爷爷和奶奶年近半百，是普通的农民，文化教育程度不高，除了管一管强强的日常起居和饮食，读书学习方面的事一般不过问。

凉水社工金鑫说，强强头脑比较聪明，接受能力强。有老师督促下的背书、听写、写字等效果总是不错。但他生性好动，上课坐不住。不是拿一支笔或小刀在手上玩，就是低着头在桌子底下摆弄着什么。课堂内的作业一拖再拖，家庭作业根本不做。等到要交作业了，就“蒙”——告诉老师说作业落在家里，忘记带了。下课后喜欢跟同学追来跑去，对弹球、皮筋、“捉人”等“玩”兴趣百倍，异常积极。喜欢找借口装病，请假在家，几天不来上学。老师派同学去查看，总能看到他精神抖擞地和邻居的孩子追逐打闹。等老师亲自上门去找的时候，本来在房间里看电视的他就赶紧钻到被窝里躺好装睡。老师问他病好了没，他总说哪儿哪儿还疼，哪儿哪儿还没好，哪儿哪儿不舒服……问得急了，应你一句：“我就是不想读书。”

爷爷奶奶的过分溺爱，让强强习惯于养尊处优的家庭生活，学习上不愿独立思考，更不服老师的管教，他觉得上学是一件苦差事，又累又烦，不如家里蹲好玩自在，所以就选择以不交作业、逃学来反抗。不是有社工帮忙陪伴督促管教，小小年纪的他，很可能就真的成了一名失学儿童。学生厌学，不是留守儿童独有的现象，但父母外出打工无暇顾及，没人正常引导督促，如果任其发展，后果不堪设想。受过专业培训的社工，懂得用一颗平常心去对待留守孩子的厌学行为，用爱心和责任心去帮助他们。只要引导得当，措施对头，一定可以让孩子走出厌学的误区。

与一般意义的社工不同，“光彩爱心家园——乐和之家”项目的社工属于

“建设型社工”。上岗前，社工队伍需接受思想、管理、技能等各方面的培训，在岗期间，社工则会通过外出学习、定期团队内部培训交流等方式提高工作能力。社工金鑫老师和其他社工一样，对儿童心理方面有深入的研究。

罗宇航在学校是个非常活跃的学生，常常会活跃得让课堂秩序无法维持。因此，社工没少找他聊天，但是效果不明显。而在校外，罗宇航几乎和在学校判若两人，有龙归大海的感觉。

有一次，社工秦晓平决定去做家访。当走到熊家坝的一个转弯的地方，路边山坡上有许多紫色的不知名的花朵，在雨后开得特别茂盛。刚刚下过雨的地，泥土是稀的，山坡是陡的，当他们好不容易爬上去后，怎么努力也摘不到花。这时在瓦房坝的学生看到了，在河对面不停地问“你们在干什么”。很快，罗宇航跑过来了。他当时穿一双凉拖鞋，只见他把鞋子一脱，光着脚飞快地从布满各种树枝的最下面，一会儿工夫就跑到了最上面。几个社工都提醒他不要上去，注意安全，结果眨眼工夫他就到了顶上。刚开始也无法够到树枝，最后他整个人都吊在了树枝上，大家合作才把花给采到。社工们一看天放晴了，天碧水清，白云朵朵，云彩不时幻化成一只只可爱的小动物，在天上飘啊追啊特别活泼可爱，就像地上的这群嬉笑打闹的孩子。大家一商量，干脆开展以野外活动为内容的娃娃团活动。罗宇航是主力，他带领几个社工和学生在山里穿梭，爬树，打茶泡，给大家找各种稀奇的玩意。山野完全是他的天下，爬树时的他就像一只灵敏的猴子，大家伙在树下看着他一个人在树上忙活采花采野果，在竹林挖竹笋更是他的拿手好戏……

社工秦晓平认为，对这些“留守”儿童，通过造册登记，把每一个留守儿童的材料记录在案，通过“结对子”的方式，“亲帮亲，邻帮邻”，常常关心这些孩子，让他们感到温暖，消除他们的自闭、抑郁倾向，让活泼好动的孩子在课堂外有发挥他们爱好和特长的环境。

经历了将近一个学期的努力，终于欣喜地看到强强和罗宇航一步步地成长。现在，他们学习的主动性和自信心明显增强了许多。课内作业能及时完成，正确率比较高。家庭作业也有了显著进步，基本上能接受监督，耐心去做。上学期期末成绩达到班级中等水平，在班级同学中的形象也大大改善。

“光彩爱心家园——乐和之家”项目，遵循“一个孩子一份档案”的原则，为 1731 个留守儿童分别建立了一个动态文档，用以记录留守儿童个人及家庭信息、爱心妈妈信息、社工每次服务过程、爱心妈妈工作内容、留守儿童变化和成长历程等。

楠木桩社工李慧发现自己辅导的学生石佳玉脾气暴躁，经常爆粗口骂人，还喜欢动手打人，学习成绩在班上垫底。这天放学后，她在学校门口迎到了石佳玉，还有其他 4 个孩子，一道去硫磺坝石佳玉家家访。

一路上，几个女生有说有笑，拔了茅草秆、狗尾巴草和野果，做成一个娃娃形状，还给她穿上白色和粉色纸做的衣裙。

“老师，好看吗？”

“好看！”

“用泥巴捏出来的，戴上花冠，穿上南瓜花叶做成的裙子，更好看！”冉媛兴致勃勃地说，一边跳跃着去摘路边树上一串红玛瑙似的果子。

“你们平常还玩些什么呢？”

冉媛说：“我们平常都玩办家家啊，我弟弟静文每回都要当女生，像公主啊。还有石佳玉每次都要当最小的那个，雨凤也要当最小的，她们两个就一直争。每回石佳玉给雨凤说只比她大一秒钟，雨凤就答应让给她了。”

“你为什么喜欢当最小的啊？”李慧问石佳玉。

石佳玉只是笑笑，然后小跑到一行 5 人队伍的最前面，不回答老师的问题。

留守儿童与人交流时充满警惕甚至敌意，对老师、监护人、亲友的管教和批评，产生较强的逆反心理，容易激进冲动。李慧不再追问。因势利导，循循善诱，不急不躁，这是她向心理学老师学来的，也是前辈社工给她们传授的真经。

到了石佳玉家，其他的小孩就与她告别各自回家了。

正好石佳玉的爸爸在家，看到李慧，就叫石佳玉给她拿凳子坐。

李慧和她爸聊天，石佳玉开始写作业。老师看房间灯光有点暗，不适合写作业，就说了一句："这光线不行，写作业对眼睛不好。"

石佳玉的父亲马上就拿了一个明亮的节能灯出来换上，房间瞬间变亮了。

石佳玉在房里写作业，李慧和她父亲走到外面说话。

"叔叔可知道，石佳玉的成绩差，脾气还暴躁，喜欢动手打人？"

她父亲马上接话："她就是喜欢打人，上周打她妹妹，我就把她打了一顿。实在是气太狠了，成绩的话还是因为基础太差了。"

李慧想起上周娃娃团活动的时候，石佳玉的手上都是伤疤。当时问她，怎么也不肯说为什么，现在终于知道原因了。

"叔叔，我给你提个建议：用暴力不一定可以解决问题，孩子都四年级了，可以听得懂话，也许用说的效果更好。"石佳玉的父亲不吭气，但脸上的表情告诉老师，他听进去了。

这时，有个电话打进来，他接了电话出门去了，走的时候交代："老师你不要走，我一会儿就回来煮饭，吃完饭我送你回楠木桩。"石佳玉的父亲通情达理，待人和蔼可亲，不像是有暴力倾向的家长。孩子的问题出在哪里呢？

趁她爸不在，李慧就问石佳玉为什么要打妹妹。

她不回答。

"如果你没有打妹妹，爸爸就不会打你。爸爸很爱你，如果不是你犯错误，怎么会打你呢？"

“爸爸不爱我，他只爱妹妹。”石佳玉说得干脆利落。

李慧觉得所有的问题都找到答案了，一切都是因为她觉得爸爸不爱她。

“问你一个问题，我们刚回家的时候，你写作业，我只说了一句这灯有点暗，写作业对眼睛不好。这个时候，爸爸做了什么事情？”

“爸爸换了一个灯。”

“你妹妹石明慧还在上学前班，每天都没有家庭作业，那这个灯是为谁换的？”

“是为我换的。”

“那爸爸爱你吗？”

“爱。”

“没错，你们都是爸爸的女儿，爸爸怎么会只爱妹妹不爱你呢？爸爸打你，是因为你打妹妹。我相信你打妹妹的时候也不是真心想要去打她，是因为一时控制不住自己。爸爸也是一样的，是因为太生气了才会动手的。”

石佳玉咬着笔不吭气。

正好这个时候出屋耍的石明慧和冉媛都来了，老师就问石明慧：“上次爸爸打姐姐的时候，你害不害怕，希不希望爸爸打姐姐？”

“不想爸爸打姐姐的。”小姑娘一边说一边头摇得像拨浪鼓似的。

李慧说：“看吧，妹妹也是爱你的。”

石佳玉盯着妹妹摇晃着的两根小辫，好像有点走神了。

“石佳玉，你听见没？”

“在听呢。”

“你打妹妹，她肯定不开心。即使是这样，她也不希望爸爸打你，所以以后要和妹妹好好相处，这样爸爸也会很开心。爸爸每天有很多事情要做，很辛苦地挣钱养家，你们才能上学，才能有衣服穿。你这么大了，应该懂事为爸爸分忧了，照顾妹妹是你的责任。”

“嗯，晓得了。”

“那你可以答应我两件事吗？”

“啥子事？”

“第一，不讲脏话；第二，不随便动手打人。”

“好的，可以。”

李慧觉得点到为止就好了，不能操之过急，否则小姑娘会不开心。她起身在房间里走了走，看到墙上挂着的玻璃镜框里的照片，就问这些人都是谁。石佳玉和妹妹都抢着给她介绍：这是外婆，这是舅舅，这是姨妈，这是表哥表姐舅妈。石佳玉看着外婆的照片，嘴角流露出浅浅的一丝笑意。

李慧发现没有他们爸爸妈妈的合影，就问她们有没有。石佳玉就去她的房间拿了一张照片出来。李慧一看，应该是爸爸妈妈的结婚登记照。

冉媛抢着给老师说：“石佳玉之前还准备把照片剪了，只要妈妈，不要爸爸，她觉得爸爸不好。”

李慧看着石佳玉问：“现在还要剪掉爸爸吗？”

“我没有要剪好不？”小姑娘的心思，其实挺复杂的，不过问题已经得到了解决。原来石佳玉是去年才回来和爸爸一起生活的，之前在外婆家“留守”，这让她和爸爸没有什么感情，而爸爸也不像妈妈那么细心，根本就发现不了她的情绪。留守儿童的心理健康问题表现为隐性，是不容易发觉的，其中年龄越小的孩子表现越突出，女童比男童突出。

虽然今天她答应了老师，以后不再动手打妹妹，不再说脏话，不再跟同学打架，但是问题不是一朝一夕而来的，解决问题也不会是一朝一夕的事情。

李慧觉得现在最重要的不是去纠正她的恶习，而是要引导她意识到爸爸是爱她的。找到问题的症结所在，下一步就可以有的放矢了。

这是一次成功的家访。

石佳玉后来果然不再爆粗口骂人，也不再动不动就和人打架，手背上也不再有新的伤痕，学习一天比一天进步了。

留守儿童中有少数孩子认为家里穷，父母没能耐，才会出去打工挣钱。对父母外出打工，把自己留在家里不理解，由此而产生怨恨情绪。有的孩子故意疏远父母，产生情感隔膜，甚至埋怨父母的无情，有的甚至出现情感焦虑症，严重的有自闭症倾向。

“楠木桩终于通网了，这意味着，我们可以组织打工父母和留守儿童进行视频聊天。对于绝大多数村民来说，连上网都是一件神奇的事情，更别说可以通过电脑看到远方的亲人了。所以，想想视频聊天，就让人兴奋。”义工刘园老师说尝试了几次视频聊天，最初的兴奋劲儿逐渐减弱，现在有了更多理性思考。虽然是一个简单的视频聊天，但是作为一项工作，它也大有学问，需要掌握相应的方法，否则眼瞅着远方的亲人无言以对，那情景真成了“世界上最遥远的距离”。

刘园把楠木桩打工父母交流QQ群建起来了，群里最活跃的是王民的妈妈。她在广东东莞某制衣厂打工，中午有1个小时休息时间，一周工作6天。网一通，王民的妈妈第一时间响应，希望跟儿子视频聊天。王民今年上四年级，话不多，甚至显得有点木讷，平时只跟固定的两三个小伙伴玩。渐渐地出现了精神抑郁症状。

他妈妈意识到儿子的问题，是因为儿子拒绝接她的电话。

“老师，只要有任何机会，你都喊王民参加，让他多参加一些活动，慢慢地他就会多说一些话吧。”

“你放心，我们肯定设法让他多说话，多与人交流！”

一天中午，刘园设计好让王民和妈妈进行视频聊天。妈妈一下班连饭都没顾上吃就上线了，她没时间回住所，在厂里用的手机上网。王民还没下课，刘园跟老师沟通，把王民单独喊了出来。

第一次在视频里见到妈妈，王民眼神中闪过惊奇和兴奋，但这惊奇和兴奋转瞬之间被一种似乎很刻意的僵硬表情掩盖。他回到了惯常的沉默寡言状态，对着屏幕一言不发。

因为是手机上网，妈妈那边信号不好，语音断断续续，王民有点手足无措，任刘园怎么引导，都不喊妈。一不留神，他扔下一句“什么都听不到”，就溜了。

妈妈还在那里傻笑，不知道这边的儿子已经不在屏幕跟前了，徒留社工在那里尴尬无措——第一次视频聊天以失败告终。

为什么孩子会沉默不语？如果我是王民，我会以怎样的方式面对镜头里的妈妈？如果有自己感兴趣的话题，或者说有个说话的由头，应该还是会交流的吧？所以，经过和妈妈的一番沟通，刘园又组织了第二次视频聊天。

事先问过妈妈王民的喜好是什么，妈妈几乎不假思索地说：最喜欢钓鱼，他想要一个遥控飞机。

“那就给他满足一个愿望，让孩子意识到你很在乎他。”几天过后，妈妈就给王民快递了一架遥控飞机。

所以这次视频聊天，刘园提示妈妈，就从遥控飞机入手聊吧，妈妈满口答应。这次聊天，王民的姐姐王雪也回家过周末，加上周围一些对视频感兴趣的小伙伴，挤在屏幕跟前的有一群孩子。

王民是带着他的遥控飞机过来的，他显然对这个玩具很满意。妈妈早就在屏幕前候着了，用屏幕当镜子把头发往后抿了又抿。见孩子们到了，笑得合不拢嘴。

有趣的是，跟王民妈妈沟通的，都是周围的小伙伴，而不是一双儿女。王民依然不发一言，坐在姐姐后面，在屏幕里晃来晃去玩。姐姐则在前面，呆呆地看着妈妈，不知道从何说起的感觉。

妈妈无论说什么，王雪都是“哎”“哦”地答应，并没有主动说什么。王民的“镜头漂移”已经升级，因为加了遥控飞机作道具。妈妈在屏幕那头看着儿子那么开心，已经心满意足了。

直到视频聊天结束，王雪王民都没有主动跟妈妈说话。之前提示孩子，妈妈犯胃病，前段时间在医院打点滴几天，刚好一点。王雪比弟弟大2岁，她知道这个消息后蹙着眉头，似乎很担心妈妈。但是在屏幕前，她竟然憋着没说一句关于妈妈生病的话，连句问候也没有。她显然憋得够呛，看她一直想说，嘴巴都做出了说话的动作，但是没发出声音。

留守儿童和打工父母的沟通如此艰难，究竟为什么？第二次视频聊天，虽然依然没有实现正常沟通，但是至少王民没有“逃跑”，而且一直微笑以对。社工也总结了经验——一定要有话题、可以有小伙伴在场、一定要提前分别进行沟通，这样视频聊天才能有效。

王民的妈妈又生病了，这次是感冒。因为爸爸远在山东，生病了也只能自己照顾自己，每逢“生病”倍思亲吧，她提出要跟儿子视频聊天。

刘园老师第一时间回应她：“这完全不是个问题。近段时间我们组织过一次爱心妈妈亲子活动，一次端午包粽子比赛，村里其实有很多事情可以作为交流的话题。”另外，通过“乐和云家”的免费电话，王民也在QQ上跟妈妈进行过一些简单的沟通。所以，这次视频聊天应该会很顺利。

妈妈还是早早地就坐在视频前等儿子，刘园去喊王民。他在教室里擦黑板，刘园把来意讲明，很多孩子发出羡慕的惊呼，但是王民只顾埋头做他的事，并没有什么回应。刘园叮嘱他赶快去电脑室跟妈妈视频通话，妈妈都等急了，王明还是继续擦黑板一言不发。刘园丢下一句“擦完就来跟妈妈通话吧”就先走了。等了10分钟后，发现王民并没有到电脑跟前来。

刘园又一次站在教室门口，王民还在擦桌子，三下两下就可以擦完的讲桌，他非要慢悠悠地擦，尽可能地拖延时间。刘园站在门口，王民肯定知道，但他还是一遍又一遍地擦，眼也没抬，好像擦桌子是他现在唯一要做的事情。

刘园忍不住第三次喊他，依然没有结果。直到上课铃响，他们母子都没有见上面。妈妈很沮丧，说没关系，以后慢慢会好的，这次换社工无言以对了，不知怎么安慰妈妈才好。

网络可以实现打工父母和留守儿童的及时沟通，但是在具体操作的时候，并没有想象中那么简单。当双方的沟通如此艰难时，那么通畅的网络，反而成了一种反讽，成了“世界上最遥远的距离”。

王民之前是跟随外公外婆生活的，外婆去年因病去世，妈妈因此在家里待了近2个月，甚至过年期间有段时间表示会留在村里，不出去打工了。但是，乡村巴士一趟一趟地把村民带走，王民的妈妈终于也走了，王民又一次陷入了深深的沉默，甚至从他的眼神里可以看出怨尤。

视频聊天，究竟是不是一把打开王民心扉的钥匙？刘园说我愿意用之后的时间继续试验，继续思考。没有哪个孩子的心是石头做的。

刘园说，我总在想，视频聊天，乐和云家的移动电话亭以及微信沟通平台，在我们项目点上究竟该怎么推行？这么美好的设想，亨通集团慷慨资助给予了这么好的硬件设施，我们该如何落地？我们该如何让这些“留守”的孩子生活得更加快乐，消除孤独和自闭，让孩子更好地学会与人沟通，为孩子在学习、生活、自我认知与成长方面提供有益的帮助和正确的引导。

如果没有这些社工的帮助，这个“留守”儿童还会上学，还会与人交流，还会正常地生活吗？

亨通对西部地区留守儿童的慈善扶贫，不知挽救了多少个有心理疾患的孩子，如果没有社工和爱心妈妈的早期介入，他们未来的人生之路想想就会让人不寒而栗。

第十一章

当“桑罗”遇到彝绣

彩云之南。一望无际的万亩桑田里，穿戴着民族服饰的白族妇女在采桑，她们一边采桑叶，一边快乐地唱起歌来。清脆悠扬的歌声，在蓝天白云下，在成片翠绿的桑田里回荡。一片片宽大肥厚的桑叶，在阳光映射下，翠绿中泛着金黄，蚕宝宝吃了这样的桑叶，吐丝结成的茧，被称为“黄金茧”。

百灵子在采桑女头顶上的天空绕来绕去地欢叫。

五色祥云从山坳里升起来，往茨营镇收茧站上空飘啊飘。

真是好兆头。

收茧站窗口，雪白的茧子像白色的瀑布在流淌。

一匹枣红马拉来一车茧，主人卸下几大篓的茧子，经过收茧站工作人员的验收，过磅，入库。卖茧的大伯一边擦汗一边咧嘴笑着。枣红马看着主人，眼睛好像会说话：瞧把你乐的。它朝主人打着响鼻，甩着尾巴，红鬃毛在阳光下闪闪发亮，像紫红缎子一样。好漂亮的红马驹哦。又有牛车、拖拉机、小皮卡，拉着一车又一车的茧子进来。

茧库里，白色的蚕茧，粒粒雪白饱满，鸽蛋一般大，一排排码得山一样。这是6A+以上的“黄金茧”，是“桑罗”的原料茧。

为了接力母亲做的这“一根丝”，俞金键认为，努力和坚持是不二法门。

“每个人每天都在书写自己的故事，而故事写得怎么样，由观众来评判。而我当下需要做的，就是做好自己，做好产品，吸引更多消费者。”

俞金键认为，自己的自强和独立来自于她的原生家庭。“从小，我就目睹了我的母亲既要忙于在外工作，又要照顾家庭，是她教会我女性要独立。”她说，一方面她有着独立自强的性格；另一方面她的家庭观念也非常强，无论工作怎样忙，每个周末她都会抽出时间来陪伴爷爷奶奶一起吃午饭，享受家庭的温馨。羊跪乳，鸦反哺，为人子，为人女，岂能不懂长辈含辛茹苦的养育之恩。

101岁的外祖母生病住院，俞金键一有空就陪在老人身边，为她按摩捶背，捏胳膊捏腿，推着轮椅在外晒太阳呼吸新鲜空气。这时的俞金键完全是一个孝顺懂事的乖乖女。她说事业重要，家庭更重要，亲情更重要。

王春花经常出差在外，广西、云南气候与苏州不一样，俞金键怕母亲水果吃得少，皮肤干燥，肠胃不适，专门给母亲在网上淘了一款最新式的果汁机，跟水杯一样大小，使用起来十分方便。王春花很开心，见朋友就说，还是女儿孝顺，女儿知道疼人。

俞金键说，我努力工作，努力打拼，就是希望能帮母亲分忧，让她早一点过上自由自在的生活，为自己真正地活一把，不要再这样操劳奔波，身心疲惫，无止无休。

虽然母女俩在生活方式、思想观念以及处世之道等方面，并不完全一样，有时分歧还很大，但她们对待把“一根丝”做精做强做美，把5000年的丝绸文化在绸都盛泽传承光大，重振昔日中国丝绸强国的雄风，走向世界舞台的中心，目标是一致的，前进的步伐是铿锵的。

在华佳成立50周年庆典大会上，俞金键信心满满地说：“过去的50年，记录的是我母亲奋斗的50年，而接下来的50年，就是我为之拼搏的50年，我的目标是把华佳打造成一家百年企业。”

“回望母亲的创业经历，我知道她的艰辛与不易，也明白了是丝绸把我养大的。与其说我继承了一家企业，不如说是继承了母亲对丝绸的情怀。”

从英国留学回来后，俞金键开始在华佳集团工作。随着对公司业务的逐渐熟悉，俞金键开始在销售部门独当一面。不过她发现，尽管企业看似产值很高，但利润微薄。

180 元一匝的丝，能做两条爱马仕丝巾，一条能卖几千甚至上万元。阿玛尼、爱马仕到 ZARA 的丝巾、领带、内衣或衬衫，它很有可能是来自意大利的科莫丝绸，既然最好的丝绸是意大利产品，当然最好的丝绸品牌也在意大利，加上法国和英国，以及其他欧洲国家，丝绸品牌几乎是欧洲人的天下。即使他们的很多品牌使用了中国丝绸，但在他们的品牌文化中，却与中国无关。

俞金键被深深地震撼。

她在留学期间，虽然游历了许多欧洲国家，但并不知同样的丝绸产品里却藏着如此多的奥秘。

俞金键最早一次到科莫，是因为看了达·芬奇的画。达·芬奇来过科莫很多次，并在他的很多画作中反映了这里的风光。

从 19 世纪开始，一个接一个著名文人不吝最美丽的诗句和言辞描述科莫湖的美景，其中包括司汤达、雪莱和华兹华斯。

李斯特、贝里尼和威尔第曾在湖边作曲。“二战”之后，这里是丘吉尔最喜欢的度假地，他还曾经为一幢湖边别墅作画。

俞金键来科莫还因为好莱坞影星乔治·克鲁尼，他先后在科莫湖边购买了两幢别墅，为此有人甚至已经开始将科莫湖改称为“克鲁尼湖”，尽管克鲁尼和他的明星朋友们偶尔会将科莫带上报纸头条，但是俞金键知道，引领科莫精神的还是丝绸业。

回想 600 年前，当时世界上最庞大的远洋船队将中国丝绸传播到海外时，或许没有人想到，600年后，那些原产自中国的华美丝绸现在正变成标有意大利、法国标签的国外名牌回流到中国，盘踞在中国丝绸消费品的高端市场。

这种状况必须改变。

丝绸纺织业拥有“双重属性”，不仅仅是“制造产业”“民生产业”，还是“都市产业”“时尚产业”“创意产业”。这些属性，归根到底要靠文化的力量来凝练。

华佳集团则突破同质竞争，另辟蹊径，创立家居丝绸品牌“桑罗”，走上打造时尚品牌之路。

为产品设计寻找灵感，她经常全世界到处飞。

雪山下丝绸一般闪闪发亮的河流，草原上飞驰的骏马，泰姬陵的千年爱情绝唱，湛蓝天空下布达拉宫神秘地回响着远古的呼唤，那一刻你感觉你的灵魂在白云缭绕中安稳祥和，与宇宙共振……

科莫湖边，Ratti公司的设计师办公室。这是Ratti丝绸集团公司的总部，坐落在科莫市中心以北20公里的一个高原上，那里可以俯瞰科莫湖，还能不受干扰地看阿尔卑斯雪山，或许就是这样极美景致的办公室，给予设计师无穷的美的灵感吧。

“创造力和最高质量是我们生存的方式，别国的丝绸织造商有可能进行大批量生产，他们的产品也非常优秀，但是他们对于奢侈品市场没有太多兴趣，奢侈品市场的要求是非常严格的，有的时候甚至不可理喻，同时也非常昂贵。”Ratti公司的总裁和设计师们骄傲得像生活在云彩之间。

不服输的俞金键，神采飞扬地在心里回应：你们有的，我一定会有，我们有5000年的丝绸文化，你们有吗？我们有自己栽种的千亩万亩桑园，你们有吗？我有的你们没有，你们有的，我一定能够拥有。精致与奢华，并非专属于你。

夜幕下的金鸡湖，梦幻般的灯光将江南的风景勾画得宛如天堂胜境。一座座五颜六色的桥和精巧别致的苏式建筑，融古今为一体，让人有种穿越时空隧道、置身大唐盛世的迷醉。

牡丹花系列的睡裙，灵感就在此时迸发，复古而又现代、柔丽端庄而又妖娆多姿，一如眼前的金鸡湖夜景。而浅粉、玉色、湖蓝、草绿的真丝吊带款，经镶滚、斜拼、大块对接，热闹而不俗气的颜色，给夏日带来清爽和明亮的气息。霓裳羽衣，唐诗里才有的典雅、妩媚和高贵。

国际博览中心的建筑外形如一把展开的苏式折扇，苏州科文中心则像一弯新月般的明珠，科文中心是由设计北京国家大剧院的著名设计师保罗·安德鲁精心打造而成，外立面风格与鸟巢几近相同。因此，也被称作苏州的“鸟巢”。

这些现代语汇的设计元素，都被俞金键巧妙地融入到“桑罗”产品中。

夜色下风情款款的李公堤商业水街，漂浮在碧波中的桃花岛，巍峨高大的摩天轮，华东地区规模最大的城市广场音乐喷泉……

最吸引眼球的，还是无处不在的东方之门。

巨大的玻璃幕墙与金鸡湖的波光交相辉映，一座晶莹剔透的水天之门充分展现出水的神韵。

东方之门的两侧和内拱挑檐板看上去一层一层的很涩，有建筑感，就像苏州的城墙；东西两面光顺平滑，就像苏州丝绸。用3条抛物线勾勒出建筑的轮廓，便是现代语汇。

通体璀璨的世界第一门形高楼，水中的彩色倒影妩媚妖娆，像两匹巨幅丝绸铺展闪烁。

现代加古典，这也是“桑罗”追求的魂。

俞金键想到科莫湖、湖畔的别墅、Ratti公司的设计师办公室，还有他们那宛在云端中的傲慢。

俞金键看着东方之门两幅垂挂下的蓝色丝绸，内心的激情汹涌澎湃！

俞金键与她的设计团队，每天徜徉其间，把最古老的丝绸变成最时髦的苏式生活的一部分。

2017年，“桑罗”第一家品牌旗舰店开业，占地约400多平方米，位于亚洲最大的商场——苏州中心，由此开启了该品牌的发展新篇章。

“我们公司始于丝绸，专于丝绸。对我来说，这像是一种世代相传的天赋。几乎没有什么内衣睡衣公司敢这么自居或是比我们更了解丝绸了。”俞金键说道。

“我们的目标是成为在中国乃至世界都家喻户晓的品牌。独立是桑罗女性的特质，就像我母亲和我一样，我们都积极、自信、热爱生活。这些也是我希望能传递给我女儿 Jennifer 的品质。”

目前，“桑罗”的产品已销往世界各地，俞金键需要在澳大利亚、欧美等地辗转与客户对接，加班加点对她来说已经是家常便饭。“能够为我想要的生活去努力和拼搏，也是一件快乐的事。”

母女携手，从传统走向时尚，从一粒茧、一根丝，到织布成衣，再到创建自己的品牌；坚持自己的特色，由线下迈向电商……母和女，把丝绸世家的故事，写得越来越精彩，越来越美丽。

华佳来到东山镇，“桑罗”遇到了彝绣，它们能擦出怎样的火花来呢？这是俞金键和母亲共同的桑园梦，让华佳和茨营一起走向明天，实现共同富裕的中国梦。

“女儿对我说，云南基地投资1亿元，至少10年才回本。如在品牌运营上投入1亿元，一年后就可回报3亿元。听她这么说，我就带她去云南、广西种桑养蚕基地，看望贫困家庭。当她看到蚕农通过养蚕卖茧住上新楼房后，对我说：‘妈妈，我懂了，你所做的一切就是为了那些贫困的家庭。’”

一根蚕丝，百转千回，绸都人血液里流淌着的丝绸基因生生不息，它强劲的生命力，代代相承，并在多元文化的交融中创新发展。

华佳从山温水软的苏州，来到彩云之南的乌蒙山区的曲靖市麒麟区茨营镇，当“桑罗”遇到彝绣，将会是怎样一种艳丽绽放！

2019 年 1 月，华佳集团与曲靖麒麟区东山镇人民政府、北京三维时尚设计研究院签约，通过三方合作的形式，将东山的传统民族刺绣与华佳的高端丝绸产品相融合，抓住“一带一路”建设的重大发展机遇，更好地传承彝族刺绣文化，把民族丝绸产品向世界推广。

“不长树的山不算山，不会绣花的女子不算彝家女”，彝族刺绣历史悠久，据考证，彝族刺绣可以追溯到三国以前，与原始绘画、记事符号、服饰有着密不可分的关系。彝族刺绣应该是随着剪裁缝补的产生而产生的，是中国传统民族民间工艺的重要组成部分，也是彝族文化的重要组成部分。

近年来随着非物质文化保护力度的加强，彝族刺绣也得到相应的重视，并开辟了一定的市场，有些地方也形成一定产量。

东山镇彝绣品种丰富，多是以实用为主的衣服、鞋子、背裳等服饰类，还有枕头、挎包、背包、桌布等，绣品图案精美、工艺精湛，源于生活，高于生活，文化底缊深厚，涵盖了日常生活的方方面面，具有很强的实用性、观赏性和收藏价值，体现了彝族原始古朴的自然之美，是彝族文化的重要组成部分。

这里的年轻姑娘戴绣花头勒，着前短后长的右开襟衣，系绣花围腰，围腰上绣红花，花朵层层套叠，下着蓝、绿布料加工的裤子，脚穿绣花布鞋。她们走在窄窄的麻石小桥和蜿蜒曲折的山路上，两旁的溪流和翠竹映着几枝粉桃，青灰色的屋顶时隐时现在竹海花丛中，天高地阔，文明喧嚣，沧桑巨变，似乎都与这里无关。这里的少女一直这么美丽，一直这么打扮得仙女下凡一般。

这种民族服装，原始古朴的自然之美，与当今最流行的服饰有许多共同的文化元素。在丝绸产品中注入时尚元素、文化元素，培育丝绸创新产品，倡导一种生活方式，是华佳一直努力的方向。古老的彝绣与高品质的“桑罗”携手，前景不可限量。

彝族妇女在田间小憩或其他闲余时间，习惯于飞针走线，绣出幅幅精美图案。她们的绣品，不仅扮靓远方的城市家庭，也给自己的生活带来幸福和美丽。

坐在这些刺绣的彝族妇女中间，王春花好像回到了小时候。他们兄弟姊妹4个，特别喜欢听外婆讲故事：讲野人哥哥；讲落水鬼望月亮；讲白蛇娘娘青蛇娘娘；讲飞檐走壁的太湖强盗，抓一片瓦就能飞上天去。

春花的外婆家，在新中国成立之前是坛丘数一数二的富户，开皮革厂，店铺占了大半条坛丘老街。在春花的记忆中，外婆无论穿蓝印花布，还是丝绵对襟袄，甚至后来的家织土布衣，素朴中都透出一种说不出的高贵和清爽。她的长发在脑后绾成一个结，带点S形，自然有形。即使在那个粗茶淡饭、粗布作衣的岁月里，她独特的韵致还是让人生出一种怀旧的情愫，怀念那种月白风清的夜，怀念绿油油的桑叶铺满竹匾，蚕宝宝在月下吞食“沙沙”有声；怀念从粉墙黑瓦处伸出两三枝带雨的桃，或是覆雪的梅。那是很久很久以前的生活，一种贴近自然富有诗意的江南生活。

坐在这样的木格花窗前，俯身一架绣绷飞针走线，春花为自己的青春绣出丽色，那是鸳鸯戏荷的俏江南，那是石榴结百籽的旺人家。在春花的飞针走线中，外婆和母亲觉得她越来越懂事，越来越像个好人家的传统女孩儿，找对象的事，自然而然又被提上议事日程了。

正在全家人紧锣密鼓为春花找对象忙得不亦乐乎时，春花自己却首先撂挑子不干了。“我还有更要紧的事要去做，你们先忙着。”听听，这是什么话，好像都是别人的事，反而与她无关似的。

是的，她一辈子就认定了一件事，就是做精做美做强一根丝，为此再苦再累再委屈，也甘之如饴。

出席各种正式场合，王春花的穿着也有不同的变换，但不变的都是“桑罗”真丝打造。红底嵌金丝的对襟盘纽唐装，喜庆传统；黑丝绒旗袍，配紫色七分袖外套，庄重典雅；白底小花的女式短西装，娴雅舒适。沉稳的气质，得体的衣着，优雅高贵闲适，体现中国女人的风采、风韵、风骨。

俞金键将一款黑白竖条纹的“桑罗”套装，穿出了经典的淑女范儿。

而成套的短袖套装，搭配一件小西服，走上街头就是时尚潮人。

吊带上衣领口的小镂空设计，暗藏一点性感的味道，蕾丝花边的加入，更增加了女性甜美的气质。搭配牛仔裤，踩上一双运动鞋，度假的气息扑面而来。

吊带短裤套装更显少女的活泼俏皮，素绉缎反式设计，面料呈哑光质感，光滑的一面放在里面，再热的天气也不担心黏身。

“桑罗”最著名的当然数全真丝睡衣，性感，飘逸，一种如花的妩媚和古典的慵懒，恰似月下园林里传出的昆曲，香艳，如梦。

“桑罗 SANGLUO”，是俞金键独立个性的体现，是她赋予了它品牌灵魂。

水和丝绸，是苏州生活的诗意和远方。

“君到姑苏见，人家尽枕河。古宫闲地少，水港小桥多。夜市卖菱藕，春船载绮罗。遥知未明月，乡思在渔歌。”这是唐朝诗人杜荀鹤描写苏州最著名的诗句。“夜市卖菱藕，春船载绮罗”，生活是流动的，生活中所有的美丽都从流动中彰显出来。莲藕和绫罗，把苏州的夜市之美、苏州的富丽繁华，勾勒得如此之动人心魄。诗人笔下的江南水乡，在其精心描绘下更是活脱而出，令人读来如临其境，恍如人在画中游。

“桑罗”，在金鸡湖畔，用最古老的丝绸把最时髦的苏式生活延续得鲜活生动，妙曼多情。

俞金键说，“桑罗”的创作灵感来源于古诗词，来源于种桑、养蚕、缫丝、织绸、制衣的生产过程，是对一片桑叶、一粒蚕茧、一根蚕丝到一件罗衣的华丽变身的总结提炼。“桑罗”既生动传达了丝绸服装具有自然、环保、健康的信息，也形象描述了丝绸服装独特的柔软高贵、华美典雅的品质。

种桑养蚕，曾经是吴江家家户户可见的景观。丝绸，成为盛泽的一个符号，也是吴江最具有特色最具有影响力和持久力的一种文化。

王春花是从一名缫丝工成长起来的，她对丝绸情有独钟，对坛丘缫丝厂旧厂房感情深厚，对丝绸文化执着推崇。她坚持要保留小时候记忆深处的美丽桑园，这不是她一个人的童年记忆，是盛泽人、吴江人，甚至江南人的集体乡愁。麦熟茧老枇杷黄，是江南人的诗画，也是江南人的日常。

“春日载阳，有鸣仓庚。女执懿筐，遵彼微行，爰求柔桑。”春阳明媚，黄鹂在柳树枝上深一声浅一声地叫着，姑娘手提一只深竹筐，沿着墙边的小路碎步急走，她要赶去采摘柔嫩的桑叶回来喂蚕。

丝绸5000年的文化传承，《诗经》里对采桑女的描绘，难道在我们这一代就没有了，就看不见了，就只能留在《诗经》古籍里了？

王春花竭力坚持要把诗意、历史、绸都盛泽的桑蚕印象，置放到一处能盛得下乡愁的园子里。

现在的高楼大厦，花园别墅，都找不到一株桑，更别说桑园了。“犬吠深巷中，鸡鸣桑树颠”，这样画一般美的记忆，是江南人祖祖辈辈灵魂深处的温暖和婉约，这梦里江南，不应该保留一方净土让它繁衍生长吗？

盛泽的老街上，栀子飘香的霏霏细雨中，你可饱览到琳琅满目的丝绸店铺，也能欣赏到身着丝绸衣裙古典而又时髦的美人：弯而细长的眉，含情脉脉的眼睛，红唇像含露的花苞，玲珑有致的曲线，优美的身材。一切和江南的小镇、江南的霏霏细雨、江南的温馨与香艳，那么浑然天成，那么俏丽有韵味。

而在云南麒麟镇茨营老街的店里，放着印了仕女的扇、水盈盈的绣屏、手工的油纸伞。白色的丝绸旗袍上绣几片浅绿的叶，叶间睡着慵懒的花，嫩嫩的红，淡淡的紫，绒绒的黄，那花叶的色彩搭配，极合人们对彩云之南的想象：天高云淡，七彩隽永。那花朵层层套叠，古老的彝绣体现了最时尚的文化元素和最亮丽的民族风情。“桑罗”与彝绣合二为一，是天地之合，是民族文化的融合，是心与心的交融，是古老与现代碰撞出的天籁之音。

第十二章

光纤丝助力“一步跨千年”

2015 年 1 月 20 日傍晚，正在云南考察的习近平总书记，亲切会见了高德荣、马正山等 5 位写信的干部群众和两位独龙族妇女，同大家围坐在一起，仔细询问生产生活情况。总书记说：“我来见大家，就是鼓励你们再接再厉，也是给全国各族人民看：中国共产党关心各民族的发展建设，全国各族人民要共同努力，共同奋斗，共同奔向全面小康。”

高德荣激动不已，代表乡亲们表示，独龙族虽在边疆，但会永远跟着共产党走，把边疆建设好、边防巩固好、民族团结好、经济发展搞好。

独龙江乡位于云南省怒江傈僳族自治州北部的独龙江峡谷，地处中国与缅甸交界边境，是我国唯一的独龙族自治乡。生活在这里的独龙族是我国 28 个人口较少的民族之一，也是一个在新中国成立初期、从原始社会直接过渡到社会主义社会的少数民族。千百年来，独龙族生活在高黎贡山的深山峡谷中，不通公路，过江靠溜索，出山爬“天路”。一年之中有半年时间大雪封山，与世隔绝，无法与外界联系。

直到新中国建立前夕，独龙族同胞所在地区的社会形态还处于原始社会末期，他们靠竹、木工具从事最原始的农业生产，靠采集和渔猎贴补家用，靠“刻木结绳记事，鸟语花开辨时节”。

新中国成立后，特别是改革开放以来，从国家到省、州、县投入了大量的财力、物力和人力，独龙族聚居区的各项事业都取得了长足发展。

但由于绵延高山和湍急大江的阻隔，长期以来这里的交通、通信条件很差。2004 年 10 月 1 日，独龙江乡终于开通了移动电话，但是，直到 2009 年 5 月底以前，这里的通信设施仅能容纳 18 部手机同时通话。同年 5 月底，随着第 7 座移动通信基塔的建成使用，能够容纳 42 部手机同时通话，独龙江人已经感到前所未有的方便。

直到 2011 年年底，独龙族还过着住在茅草房、出行靠溜索、生活靠低保的日子，农民人均年纯收入仅 1255 元。群众与外界联系渠道少，处于较为封闭的状态。教育、科技、文化、卫生等各项社会事业建设严重滞后，没有支柱产业，自我发展能力弱，多数群众吃粮基本靠退耕还林补助粮，花钱靠农村低保，处于整乡整族贫困状态。

按照习近平总书记在云南省调研时的重要指示精神，全面对接独龙族聚居地独龙江乡的扶贫开发工作，云南电信于 2015 年启动了“独龙江乡信息惠民示范工程”，致力于提升独龙江乡医疗和教育信息化，让独龙江的老百姓通过远程信息同步互换可视化与全省其他地区一同享受到优质的教育和医疗资源，造福当地民众。成都亨通积极响应总书记号召，为加快独龙江乡通信网络信息建设，于 2015 年 5 月向独龙江乡捐赠了 100 公里 GYTS-24B1.3 光缆（折合人民币 282400 元），用于独龙江乡 4G 网络建设。

2008 年，汶川发生特大地震，成都亨通光电通信有限公司在自身受到地震波及的时候还不忘企业社会责任，捐出价值 200 多万的通信光缆用于灾后重建。2013 年 4 月 20 日，雅安芦山发生地震，成都亨通光通信有限公司又及时伸出援手，捐献了价值 90 多万元的光缆和近 10 万元的现金。2014 年云南昭通地震，公司也及时捐献了价值 50 万元的通信光缆。

成都亨通协助建设的独龙江乡电信工程为独龙族人架起了联通世界的信息桥，实现了 4G 网络覆盖全乡，成为我国第一个整族使用 4G 的少数民族，让贫困了千年的独龙族群众一步跨入现代通信，与时代共享信息文明。同时，独龙江乡架通4G网络后，当地的学校、卫生所等建立了云平台，实现了远程在线交流，促进了当地教育及医疗水平提升，一条条信息高速公路正穿过高黎贡山，跨越独龙江，“互联网+”应用正遍地开花。

“今年春节期间，独龙江乡迪政当村青年木金辉，用手机在网上购买了一台小钢琴。也许大家会说，这不就是网购嘛，值得在这里说道吗？独龙族是从原始社会末期直接过渡到社会主义社会的少数民族，全族迈出这一步，实在是太不容易了！”

2019年全国两会“代表通道”上，贡山县人大常委会主任马正山面对直播镜头，生动讲述独龙族的变化，“过去，独龙江乡一年时间里，半年是大雪封山的，与世隔绝”。

千百年来，峡谷幽深，雪山阻隔，独龙族人过江靠溜索，出山攀“天梯”。1964年，修通“人马驿道”，去趟贡山县城，人背马驮，需走三四天。纪录片《最后的马帮》中，每年赶在大雪封山前，县里的马帮运输队和来自福贡、迪庆、丽江等地的马帮就聚集到贡山县城，往独龙江驮运过冬的物资，当时的场景很是壮观，而同时也从另一个侧面体现了独龙族人民生活的艰辛。

1988年，为解决独龙江乡开会“通知难”的问题，老县长高德荣发明了“放炮”传信，并约定：重要会议、紧急会议放两炮；一般会议放一炮。这样的规矩延续了10多年。直到2004年，中国移动云南公司为独龙江乡开通了GSM移动通信网络，结束了独龙江乡不通电话的历史，电话线一通，网络也通了。通过网络，独龙族孩子也能学习最标准的英语，越来越多的游客驱车进入这块世外桃源探秘观光。

从“放炮”传信到4G网络覆盖，随着国家战略的进一步实施和通信技术的更新换代，4G技术的应用已融入独龙族同胞生产生活的方方面面，独龙族将真正享受到高速互联网时代带来的便利。

“真想不到，足不出村没花钱就拿到了计生服务证。要是以前，必须到乡政府办理，最低需要花 150 元，如果遇上办事人员出差下乡，成本就更高了。”刚领到一孩生育证的独龙江乡马库村村民江志军夫妇高兴地说，“现在通过网络平台办理真是方便。”

46 岁的江志高，也是马库村人，过去住在山上，栖身竹棚，常年赤脚，结婚 10 多年还没有床，全家睡在火塘边。2014 年，政府在山下盖起安置房，村子整体搬迁，江志高平生第一次睡上了床，添置了衣柜、沙发、茶几。这几年种草果，年收入 2 万多元，还兼任村护林员，家里冰箱、洗衣机、液晶电视、音响、摩托车一应俱全，他还会用手机网购。“我想买个大电视，换套新音响。儿子已考取驾照，我们想再买辆‘小面包’。”

在联村干部引导下，江志高不仅腰包鼓起来了，脑袋也富起来了，生活习惯也文明起来了。他和妻子已经习惯了刷牙、叠被子、整内务。现在，每次进家门，都要换鞋呢！“不光是我们，全村人都会刷牙、换鞋了。”江志高说。

从赤脚到换鞋，从无床到刷牙，从赤贫到网购，让人由衷感叹：“一步跨千年！”

在独龙江乡最为偏远的马库小学，年轻的老师正在给一年级的学生讲授语文课文《影子》。老师指着电子看板，孩子们不仅听到最标准的普通话课文朗读，还看到了形象的图片。据悉，目前马库小学已经成为中国移动云南公司“互联网 +”教育示范学校。

扶贫先扶智，扶智先通语。“互联网 +”教育，通过远程教育，消除教育鸿沟。为积极配合怒江州教育局对“直过民族”群众开展普通话培训，打造“语言扶贫 APP”，实现语言脱贫，进而实现教育脱贫。

不仅在马库小学，整个独龙江乡的教师都可以通过网络看到全国、全省最优秀教师的上课视频，直接使用他们的上课课件。同时，还能将自己的上课视频及课件传到网上，方便省内教师交流学习，提高教学质量和备课效率。中国移动云南公司市场经营部总经理撒倩介绍：“平台还能让学习变得有趣和简单，学生没去过西湖可以通过视频图片感受西湖风光，没见过外国人可以听到最标准的英语发音，没有物理、化学实验室可以在电脑上操作实验。借助信息化平台，让每一个孩子都能享受到最优质的教育资源，助力教育资源的均衡发展。通信畅通后让独龙族脱贫实现跨越发展有了后劲和底气。”

“网络下乡，特产进城”。为了让以往“养在深闺人未识”的草果、重楼、当归、坚果等独龙江乡特色优质产品，以及具有独龙族特色的民族服饰独龙毯等工艺品走出独龙江，走向全国，中国移动在全省首发本土电商平台“彩云优品”，开设怒江、独龙江高原特色农产品“扶贫销售专区”，并安排专人驻地指导农户入驻“彩云优品”平台、上线销售农产品。在“彩云优品”平台销售的产品经农业部门进行质量监督和质量溯源，产品质量有充分的保证，加上中国移动的客户规模和网络覆盖优势，能为通过互联网销售高原特色农产品发挥积极作用，为云南农村贫困群众打开了特色农产品销路，为脱贫致富做出了实实在在的贡献。近年来，独龙江一直作为怒江对外宣传、展示的一张名片备受外界关注，旅游及附属产业发展迅猛，所有对外宣传工作都依托于网络平台展开。

互联网让独龙江的特产草果成了“摇钱树”。

2019 年 3 月 11 日下午，从马库村跑客运回来，独龙江乡巴坡村委会村民李战军拿起刀，背起竹篮，和妻子到村后的草果地，清理杂草，施农家肥。

李战军是独龙江乡最早学开车和种草果的村民。独龙江公路高黎贡山隧道通车后，他用多年卖草果积攒的钱买了一辆面包车跑客运，并精心管理25亩草果，逐渐过上了有车有房的幸福生活。

“党的富民好政策，让独龙江每天都在变化。乡里会开车的已有300多人，每一个村都有几个跑客运的人，但要长远发展还得靠草果。”李战军说，现在乡亲们忙着种草果、开农家乐、当微商、做土特产买卖。大家争着清洁环境，建设美丽独龙江。以前那种吃不饱、穿不暖，下雪封山半年，出不去、进不来的穷苦日子，一去不复返了。

“独龙江乡草果种得最早、最多的是我们巴坡，但种得最好的是马库村。我们得学习人家，学科技、用科技，改变种后不管、管理不好、品种老化的状况。”去年草果市场价格波动大，给凡事爱较真不甘人后的王世荣以警醒。他多次到邻村马库学习取经，今年，村“两委”在县乡农业部门支持下，开办草果管理技能培训班，发动群众在草果地间种水冬瓜树，砍老枝条，施基肥，换品种，希望提高草果挂果率，提升品质，卖个好价钱。

独龙族人世代以种荞麦、土豆、苞谷、小米为生，因山陡地少，过去不时砍树改地。尽管终年劳作，仍难以解决温饱。高德荣琢磨，这些作物附加值太低，要脱掉穷帽子，必须种附加值高的作物。几经筛选，他相中了草果。草果是烹调香料，市场俏销。高德荣想，草果适应荫蔽、潮湿的环境，独龙江乡湿度大，如果在林下种草果，既利于草果生长，又可以保护生态，一举两得。

可当乡里把种苗分配到村，一些村民随手往路边一扔：“草果不能当饭吃，还是种荞麦、苞谷稳当。”

“干部干部，先干好，再部署。”高德荣自掏腰包建起示范基地，免费培训村民，再请他们管理草果。3年挂果后，组织乡亲们观摩采摘。这些当不得饭的东西，却能卖上好价钱，乡亲们心动了。

很快，6个村中，有5个村推广成功。“家家户户抢着种。有的农户年收入两三万元，草果成了‘摇钱树’。”巴坡村村委会主任王世荣说。“现在，村里脱贫摘帽了，群众的日子越来越好过了。但决不能坐在墙根晒太阳，还得盯住目标，拼命干，加油干。”对今后的生产，王世荣和村民已有打算，精心做好 24000 亩草果的提质增效，种出怒江品质最好的草果。争取今年建起草果烘干厂，解决鲜草果难卖问题，增加附加值，实现草果年产值 300 万元，让草果真正成为村民增收致富的金果银果，大家欢欢喜喜奔小康。

独龙江乡最北端的迪政当村毗邻西藏察隅县，海拔最高，无霜期短，草果难成活。高德荣发现，迪政当村有野生的重楼，这是珍稀药材。“2014 年，老县长领着我们，让 8 户党员带头试种。现在，已经种植近百亩。”村第一书记章国华说。

“特色产业促脱贫，增收致富日子红。”这些年，独龙江乡的特色产业发展很快，高德荣扳着手指，如数家珍：草果、羊肚菌等种植已初具规模，其中草果 6.8 万亩、羊肚菌 403 亩；独龙蜂、独龙牛、独龙原鸡的养殖也渐成气候。

“去年，常住居民人均可支配收入达到 6122 元，同比增长 23.5%，实现整乡脱贫出列、独龙族整族脱贫。”乡党委书记余金成介绍。

2019 年 4 月 11 日，喜讯再次传来，习近平总书记再次给独龙江乡群众回信，祝贺独龙族实现整族脱贫，勉励乡亲们为过上更加幸福美好的生活继续团结奋斗。

“云南贡山县独龙江乡的乡亲们：你们好！你们乡党委来信说，去年独龙族实现了整族脱贫，乡亲们日子越过越好。得知这个消息，我很高兴，向你们表示衷心的祝贺！……”余金成和乡长孔玉才分别用普通话和独龙语向乡亲们宣读总书记的回信。宣读过程不时被群众的欢呼声、掌声打断。

“让各族群众都过上好日子，是我一直以来的心愿，也是我们共同奋斗的目标。”习近平总书记真挚的为民情怀和强烈的使命担当，让约 7000 人的独龙族群众深切感受到党和政府的亲切关怀和祖国大家庭的无比温暖。老县长高德荣说，2014 年独龙江公路隧道即将贯通时，习近平总书记作出重要批示，勉励独龙江乡乡亲们“加快脱贫致富步伐，早日实现与全国其他兄弟民族一道过上小康生活的美好梦想”。2015 年，习近平总书记又亲切会见怒江州贡山独龙族怒族自治县干部群众代表，嘱咐大家：“全面实现小康，一个民族都不能少。”

“总书记说出了我们共同的心声！”龙元村的和晓永靠跑运输、种草果、养独龙牛发家致富，成为远近有名的致富能手。和晓永感到，独龙江乡巩固脱贫成果的路还长，自己带领群众共同致富的责任还很重，“听党话、跟党走，我会和乡亲们继续奋斗，用勤劳的双手让大家一起过上更好的日子”。中国移动独龙江乡“互联网 +”项目办公室主任马春海表示，将积极参与中国移动 5G 在独龙江的建设，用科技助力独龙族群众追求更美好的生活。

亨通集团以一根光纤丝助力独龙族“一步跨千年”，跃入了发家致富奔小康的中华民族大家庭的幸福时代。然后，这根神奇的金丝一牵，又来到祖国最南端的海南岛白沙黎族自治县继续发力扶贫攻坚最后的决战。

白沙是黎、苗等少数民族聚居的山区县、革命老区县、国家重点贫困县，2017 年 12 月被列为海南省唯一的深度贫困县。全县辖 11 个乡镇，总面积 2117.2 平方公里，总人口 19.51 万人，其中黎、苗族人口 12.19 万人，占总人口的 62.7%。

那么是什么原因导致一个革命老区县如此贫困呢?

白沙位于海南岛中西部，地处盆地，周围群山环绕，盆地、丘陵占全县总面积的 89%，人均可利用耕地面积少。基础建设和教育不完善，初中以下文化水平占比 71%，文盲、半文盲的比重较大。区位优势不足，市场延伸腹地窄，自身农业产业发展规模小、分布散、发育弱、配套差，招商引资难度大，且受大宗农产品价格低迷的影响，加上没有大型加工业、制造业、高新技术产业支撑，农业产业发展后续链条不足，导致经济发展长期落后。

如何让百姓不再“捧着金饭碗讨饭吃”，这是近年来，中国移动集团公司对白沙黎族自治县开展精准扶贫、精准脱贫的重大战略意义。把习近平总书记关于扶贫工作的重要论述扎实落实到科学发展、有效治理之中，牢牢把握发展和生态两条底线，坚持以脱贫攻坚统揽经济社会发展全局，将所有工作向脱贫攻坚聚焦，将各种资源向脱贫攻坚聚集，将各方力量向脱贫攻坚聚合。

根据国务院《关于进一步完善定点扶贫工作的通知》和国资委的要求，自2016年开始，海南省白沙黎族自治县被列入中国移动集团公司的定点扶贫县，中国移动制定了《中国移动2016—2020年对口支援（扶贫）规划》，一场政府与企业携手的扶贫攻坚战就此打响。

自2016年以来，中国移动通信集团引领亨通、华为、大唐等多家知名优秀合作企业向白沙县政府共计捐赠资金272万元，购买和帮助销售白沙县农副产品269万元，推进实施特色发展产业、智慧校园、智慧医院等帮扶项目12个。

2018年11月，中国移动通信集团海南分公司与白沙黎族自治县对接“海南爱心扶贫网”推广贫困户农产品，创新性举办了“2018年白沙县互联网+爱心消费扶贫农副产品展销会”等活动，加强扶贫产业供需对接，助力贫困群众增产增收，通过线上线下结合的方式，促进白沙“互联网+”爱心消费扶贫产品购销两旺！同时也首次邀请亨通公司参与白沙黎族自治县扶贫工作，亨通又捐赠扶贫资金20万元。

白沙县把电子商务作为扶贫攻坚的主抓手，高瞻远瞩，做好顶层设计，积极出台有关政策文件，推动农村电商快速发展。

在推进农村电商工作中，白沙县创新建立1310电商扶贫机制，即每个村建一个电商服务站，建设运营3家有竞争力的网店，每家网店带动10户以上的贫困户销售农产品。同时，还对标全县 22 个整村推进贫困村，从 5 个方面实施电商精准帮扶。第一是产业规划，挖掘每村符合电商的特色产业，做好发展引导；第二是品牌建设，帮助每个村设计统一的村标（商标），定制统一的电商物流包装，设计各具特色的品牌包装；第三是网店开发，帮助村民拍摄农产品、生产生活场景和做好美工、文案、运营、售后等服务；第四是人才培训，建设电商实训中心，建立针对贫困户的电商培训体系，不仅帮村民卖农产品，还教会他们用电商做买卖；第五是物流保障，建立县级物流中心，引入菜鸟、圆通等在白沙建立区域性物流中心，助力村民网货上行。

白沙县元门乡群山环抱之中的福才村，不仅坐拥上天赐予的一片青山和一条绿水，大自然孕育出的独特土壤也让福才村的农产品品质优良。然而，全村 319 口人，靠山吃山，守着 300 来亩田地，中午吃地瓜，晚上吃米饭。“种出来的都是口粮，哪还有钱赚”，村民们如是说。

蓬勃发展的白沙电商注意到了福才村口感清香、粉多甘甜的地瓜，经白沙电商办等部门与农户积极对接，借助电商精准扶贫模式和电子商务平台，通过“互联网 + 农业”的方式，帮助农户开起微店，使该村成为了全省首家微店村，并把该村的地瓜搬上了互联网“货架”，一举打通了销售渠道，2 个月的时间地瓜销售额达 96 万元，其中，贫困户王诚干的网店销售额达 2.2 万元，让 200 多亩的福才地瓜成为大家增收的好项目。

林继志是白沙县荣邦乡大岭居农村淘宝服务站的“村小二”，这位在深圳打拼多年的“业务员”，现在俨然成为了大岭的“活雷锋”，小到为村民买衣服、买奶粉、充话费，大到为村民买家电、买汽车，现在还让家乡的芒果、菠萝蜜等土特产触网销向全国。面对如今收获的一切，他信心满满地说：“我回乡投入农村淘宝这条路准没错。”

将近 1 年的时间里，他为本地村民代购超过了 6000 单，近 90 万余元，各类网上的优质商品按每单平均为村民节省 5 元计算，那么他就为村民节省了 3 万元的开支。尤其是去年双 11 全球购物狂欢节当天，通过农村淘宝平台为村民半价抢购将近 15 万元的商品，商品涵盖服装、家电、粮油、日百、农资、农具、汽摩配等。

而在今年上半年短短的 4 个月内，他便为村民卖出芒果、菠萝蜜等农产品高达 380 多万元。不仅如此，他还打起了在网上销售家乡房子的主意。

在他的带动下，大岭现在越来越多的年轻人参与到电商的团队，目前已组建了 30 余人的电商联盟。

众所周知，水果是特殊的产品，有固定的生长周期和成熟周期，一旦成熟就要尽快销售出去，不然只有烂在果树上。传统的销售模式，都是果农坐等水果贩子开着卡车到果园来成批带走水果，没有议价权。如果遇上行情不好，保本都不够，辛苦一年就都白费了。

果农郑云的水果在上线前找不到销路，于是，她顺势搭乘了白沙电商快车，开启“电商 + 水果”的网络营销模式，上线后，就改变了销路难的局面。她说，经过白沙电商开办的微店经营培训和为她们制作水果详情页后，她在一个多月的芒果季里，线上销售芒果高达 14000 多斤，与此同时，还销售各类水果种苗、野灵芝、胡椒、土蜂蜜和牛油果。尤其是牛油果在线上能卖到 20 块钱一斤的省内包邮价，截至今年 7 月上旬，已经销售 2000 多斤，即 4 万多元，客户遍布全国！

“我自己家的都卖完了，又帮他们卖，还是不够卖，还有不少内地的客户要和我签订单。”郑云开心地说道。

2019 年 11 月，为进一步解决白沙县荣邦乡岭尾村入村道路的夜间照明问题，白沙定点帮扶单位中国移动通信集团海南分公司积极牵头向亨通公司提出扶贫倡议，亨通作为一个有着社会责任感的优秀企业，积极响应党中央打赢脱贫攻坚战的号召，践行了习近平总书记提出的“精准扶贫”思想，提供 5 万元的捐助款和购买 7 千元的农副产品，将善款定向用于岭尾村入村道路路灯建设扶贫项目，帮助村民解决回家安全的“最后一公里”道路照明问题，让贫困群众早日过上更加美好幸福的生活，让爱心凝聚人心，让温暖关怀白沙！

据介绍，截至 2019 年年末，白沙黎族自治县全县 44 个贫困村（含 14 个深度贫困村）全部出列，稳定实现了建档立卡贫困人口从 10825 户 44232 人减少至 7 户 26 人，贫困发生率从 2014 年的 35.2% 降至 0.02%。农村人均可支配收入达 12912 元，较 2015 年年末的 7902 元增长 63.4%，保持年均增长 10% 以上，人民群众生活水平和幸福满意度得到明显提高，以脱贫攻坚统揽经济社会发展全局的工作理念取得了显著成效！

我们正身处一个被电商改变的时代，电商扶贫恰是这个时代的最强音！白沙，这个老少边穷的国定贫困县，正在以其独有的节奏，谱写海南县域电商扶贫的最美篇章。

这些年里，白沙仅用一年多的时间就在全省创造了多项电商奇迹：全国电子商务进农村综合示范县、全国首个电商精准扶贫运营中心、全省首个电子商务产业园……这些年里，白沙以产业发展为中心以产业发展促脱贫大力发展白沙绿茶、红心橙、黄金地瓜、南药、黑山羊、竹笋、豪猪特色养殖等。种养业使白沙的贫困群众腰包更鼓了，这些特色产品也成为了白沙的新名片。

白沙珍惜这次宝贵的历史机遇，以强大合力守住了“绿水青山”，共筑“金山银山”，使贫困群众住上了好房子，过上了好日子。

2020 年 2 月 29 日上午，五指山市、临高县、白沙黎族自治县脱贫摘帽新闻发布会在海口召开。随着白沙黎族自治县这一省内唯一深度贫困县退出贫困序列，至此，海南省 5 个国定贫困市县全部脱贫摘帽。由中国移动通信集团牵头引导多家企业对白沙县的定点扶贫工作得到当地政府高度认可，于 2019 年 5 月被评为“海南省打赢脱贫攻坚战先进集体”。亨通的这根光纤丝，助力崇山峻岭中的少数民族同胞“一步跨千年”，全面小康我们一起走！

第十三章

一根丝连接一片民族情

2015 年，王春花来到国家 14 个集中连片贫困地区之一的乌蒙山区的曲靖市麒麟区茨营镇。经过调研，针对当地抛桑、毁桑现象，王春花采取与蚕农签订《蚕茧生产交售协议书》的方式，实行优质优价、上不封顶下保底的优惠价格收购蚕农产品，不让蚕农承担市场风险。同时实施“二次补贴”奖励办法，在蚕农交售达到一定数量和质量要求后另行给予补贴。2 年时间直接补贴蚕农 213 万元。当地政府表示，华佳不仅带来的是规模化、集约化、机械化、智能化的养蚕种桑技术，为蚕农增产增收，更带动了当地产业和经济的高质量发展。

订单农业的开展，促成了“公司 + 蚕农 + 扶贫惠农”的运行模式，也使公司与蚕农组成了命运共同体，当地蚕农的蚕茧收入达到了 6837.42 万元，年均收入增长 40% 以上，不但遏制了抛桑毁桑的现象，还新增桑田 4000 余亩，为可持续发展奠定了基础。

原董事长特别助理谈金麒说，华佳 50 年心无旁骛地坚守丝绸产业，由小变大不断成长，带有浓厚王春花个人色彩。董事长满满的丝绸情怀，与时俱进抢占机遇，重大决策中体现的敏锐和定力都非同凡响。

他至今记忆犹新的是，董事长只身前往曲靖市茨营镇考察，当地政府得知华佳董事长到茨营考察，镇主要领导开心激动之情难以描述，觉得茨营蚕农有救了，茨营的桑蚕产业可以得到重振了。江苏华佳，在他们心目中，是丝绸界一块响当当的金字招牌，华佳在广西象州投资建厂所取得的成就，为当地少数民族带来的就业和精准扶贫的美誉，他们早有耳闻。

茨营有着近40年栽桑养蚕的历史，桑蚕已是该镇的主要产业。但由于近年来蚕茧价格波动较大和种养收购体制的不适应，桑蚕发展出现了一些问题，蚕农种养积极性和产能都有所下降。

华佳董事长来茨营了，茨营日渐凋敝的桑蚕业有希望起死回生了，茨营老百姓的钱袋子有希望鼓起来了。

镇委书记的热情让王春花也很感动，镇里安排茧站老王站长专程陪同王春花考察。

谈金麒说，当董事长看到茨营那万亩连片的桑田时，她像当年到广西象州寻找到桑园一样激动不已。

在3个月的时间里，她先后十多次来到茨营。她不但请来了江苏的、浙江的、广西的、云南的桑园专家和学者教授，还请来了日本的桑蚕专家。她说我不懂，但我要请懂的人帮我把关决策。她每请一拨人，都不顾自己身体劳累，腿脚不好行走的困难，陪他们跑遍整个乡镇的桑田和待开发的山坡地。对政府推荐的几块土地，她反复察看，仔细斟酌，反复推敲，对比琢磨，最后才拍板决定。这个决策的过程，是一个非常艰难痛苦的抉择过程。因为选择不同，带来的结果肯定不同，综合考虑各种因素，关键点上都不能出一点点差错，否则，双赢会变成双输。

谈金麒说，我和董事长一起全程经历了她投资建设云南桑蚕基地的整个决策过程。

董事长最痛苦的事情是做决策。

那次我们到了云南以后，感觉那里的环境适合生产优质蚕茧，并有良好的基础条件，且政府与蚕农都有将蚕桑作为当地农民脱贫致富的主要产业这一强烈的愿望。

但要建怎样的基地?

如何与蚕农建立起良好的命运共同体?

如何投资?

如何回收?

一系列问题摆在面前,需要你权衡决策。

这个过程对决策者来说是非常难的,甚至说是痛苦的。

不搞蚕桑基地,就很难在丝绸界尤其是在缫丝行业做得长久。江浙数百家缫丝企业被逐步淘汰直至消失就是例证。落后的桑蚕模式已制约了丝绸业的健康可持续发展,这已成为行业的共识。

董事长的信念是一辈子就做一件事,一粒茧,一根丝,如果不在蚕桑这个资源上控制住,这个主业最终也很难坚守住。

所以她坚定这个方向,筚路蓝缕,一往无前。但是我们公司过去从来没有直接做过农业,缺乏足够的经验,这是我们的一个弱项。

还有,老问题,我们进去了以后呢,蚕农还是比较欢迎的。但是地方上的个别官员和商界并不一定完全认可。无论在江西、广西还是云南,那里的投资环境,和江苏和我们吴江比,应该差距还是比较大的。个别领导的官僚主义、形式主义和排外情绪也是让我们比较困惑的。

但困难再大,我们也要胼手胝足,奋力前行。

王春花也说,初到广西时,觉得工作节奏慢,许多事情拖延得太厉害。在苏州、在吴江、在盛泽只要半天几小时就搞定的事情,在他们那儿要等上十天半月的。

但到了云南,又觉得广西相比云南节奏快多了。

整天是开会,大会套小会,节奏慢,效率低,对于企业来说,时间真的就是生命，良好的商机往往在拖沓中转瞬即逝。

最窝火，最大的压力，还不是厂里，是老公。讲的话刺激得人不得了。不让你开心！

你厂子办得好，你在盛泽能排得上号吗？帮人家恒力、盛虹提鞋都不配。

老俞讲的这两家企业，是盛泽丝绸纺织类一根丝的代表性企业。始建于1994年的恒力集团，是多元化发展的国际型企业。2019年，恒力集团总营收5567亿元，现列世界500强第181位，成为全国最大的化纤企业。

更早两年成立的盛虹集团，其产品和技术均能与国际巨头相抗衡，被誉为“全球差别化纤维专家”。

华佳在规模和营收上，自然不能与他们相比。

但“华佳”与“鼎盛”应是绸都盛泽的标志性企业，最能代表昔日绸都的千年风采。鼎盛旗下的“上久楷”宋锦，将古老的非遗之美结合当下的摩登艺术，赋予宋锦高定系列服装不同年代、国家、文化、历史及艺术元素，勾勒出符合当下东方女性气质的新形象。目前，公司已为50余位国家元首及其家属制作宋锦国礼，其华美与灵动的时尚设计，展现出矢志不渝的民族文化传承。而华佳集团则另辟蹊径，突破同质竞争，创立家居丝绸品牌“桑罗”，走上打造时尚品牌之路。一丝连八方，古老也新潮。

鼎盛自然也不会入老俞的眼，和华佳一样，真丝绸要做到像恒力和盛虹那样的规模与效益，基本不可能。但王春花就是一根筋，认准蚕丝不放手，老早转一转化纤，或者丝绸化纤一起做，肯定不比恒力、盛虹差呀。

所以老俞心里火气大，数落起来没完。

广西那种鬼地方，只有你这不长脑的人才会把钱砸在那里，你辛辛苦苦能赚几毛钱？说不定本都赔光了。你看人家 ×× 就守在门口，哪里也不去，不照样赚得盆满钵满。说你缺心眼儿，你还自以为赛诸葛呢。

云南你也敢去办厂子，人家把你吃了连骨头都不吐的。你偏偏还要自己送上门去。你说你哪根筋搭错了，又是哪个好领导给你出的馊主意。

自己的厂子都管不过来，还要充大佬，这里捐希望小学，那里扶贫帮困，这是你管的事吗？这是政府管的事。真是一个农民的命，还操着中南海的心。全国穷人那么多，你王春花帮得过来吗？整天瞎起劲。你如果像恒力、盛虹那样有钱也就算了，你一年辛辛苦苦，除了成本，能赚几毛钱。还是像我这样本本分分、踏踏实实守守摊子打打牌比较好。别挑压死自己的担子，别做光吆喝还赔本的买卖。

王春花说，老公这样讲，其实也是心里心疼我，怕我步子跨得太大，到外地去扩张产业链，一着不慎，满盘皆输，把几十年辛苦打拼积累的资产打水漂了。其实我和老公的争论，是小富即安，见好就收；还是继续拼搏，开拓向前，把一根丝做精做美做强，把华佳做成百年传承的丝绸文化名企。他比较保守，我喜欢不断学习尝试，不断接受新生事物，希望尽自己的努力，紧跟新时代的潮流，把华佳真正做成有品牌、高质量的一流丝绸企业。不忘初心，从当年的坛丘缫丝厂，走向世界的大舞台。

老公觉得我心太大。

他要时常敲打敲打我。

到广西去，到云南去，嘴上说说容易，真要拍板做决策，千斤重担压肩上啊。

确实，来自家庭的压力，来自外部的压力都有。面对压力怎么办，只有把压力当动力，闯出一片新天地，让事实来说话。

王春花说："脸难看，事难办，在有些地方确实存在。但我们为社会创造财富、为国家分忧解难的信念是坚定不移的。改革开放给了我们这么好的机遇，不能半途而废，不能因小失大，所以，该忍的不该忍的，统统都忍了。因为有目标，有方向，就一直朝前走，绝不回头。在广西和云南，我们开辟了新的桑蚕基地，不仅为华佳寻找到了稳定可靠的茧源，还为当地扶贫脱困贡献了自己的力量。华佳这一根蚕丝，连接的是盛泽人的桑园梦，连接的是先富带后富、全面小康路上我们一起走的一片民族情。”

华佳的到来，给茨营传统的桑蚕种养，带来了崭新的模式。通过统一实现土地流转，实施规模化基地建设，使蚕农不但能得到固定土地的流转费用，而且还使“蚕农”变“蚕工”。通过开发蚕桑生态综合利用产业，增加产业附加值，研制桑叶茶、桑葚酒、桑枝菌棒、蚕沙、有机肥等农副产品提升茨营镇特色农旅观光游，实现一、二、三产业深度融合发展，培养新型产业农民。通过培养一批专业化科技养蚕大户，推动整个茨营镇的桑蚕产业向现代化迈进。这两年公司培养的养蚕科技技术专业户，他们的亩产水平已经达到了上万元。产业致富，产业强镇，华佳为茨营提供了技术和资金的支持，茨营也为华佳的产业链延伸和新产品的开发，提供了桑蚕基地强有力的保障。

2018 年起华佳集团投资 8000 万元，在茨营镇成功流转承包了 3000 亩连片山地，带动周边 25000 亩桑园，建设起了“规模化、集约化、机械化、智能化”华佳（茨营）桑蚕基地，通过提高单产、提高品质、提高售价等措施带动了 3100 户蚕农不断提高收入。

示范基地的建设也为新型农民提供良好的发展平台，一批专业化科技养蚕大户成为创业人才，带动了当地大学生毕业后回乡创业。2019 年这个基地被商务部定为现代桑蚕示范基地。

在茨营镇，华佳集团组建覆盖全镇的蚕桑科技现场培训。组织华佳专业桑蚕种养技术骨干，每年分 2 期对蚕农进行专业培训，为调动当地农户对桑蚕种养知识的学习积极性，每次参加培训都可获得 10 元额外补贴，并提供免费午餐。目前已开展专业培训 50 余场次，每场培训有 200 多人到场，总计 2700 余人受益。

一个地区的经济发展状况和富裕程度，从根本上取决于劳动者素质，而劳动者素质的提高，关键在教育。王春花扶贫模式的一个显著特点就是开创性地把智力扶贫、就业扶贫双管齐下，变单纯的“授鱼”扶贫为“授渔”扶贫。

为确保培训质量，华佳集团组建由 7 名专职技术员、9 名兼职辅导员组成的辅导员队伍，确保每个自然村各有一名专职和兼职辅导员，每个专兼职辅导员给 25 户科技示范户定点进行种桑养蚕辅导。

华佳集团借助科技手段，建立信息交流平台。由公司统一建立微信及短信服务平台，及时发布养蚕知识、注意事项等技术指标，回复跟踪蚕农提出的各类专业问题。信息平台已成为蚕农的贴身技术员。

专业的培训使蚕农的技术水平得到很大的提高，亩均收入从 2016 年的四五千元上升到 1 万元左右，个别养蚕大户亩均收入超 1 万元。

在云南曲靖桑蚕集聚地，华佳集团与西南大学合作创办的丝绸蚕桑学校即将开学，这所学校为当地培养专业技术人才，也为丝绸产业健康发展提供源源不断的人才支撑，为脱贫攻坚注入持续的新动力。

华佳这根丝，从苏州吴江牵到了千里之外的广西、云南，织就了一幅幅多民族团结奋斗、共同走向富裕之路的锦绣图画。

第十四章

从川藏到南疆，一路亨通

蓝天白云、雪山草地、苍鹰骏马、牦牛羊群是人们向往的甘孜藏区神秘而流动的一幅幅画卷。其实，因自然环境的显著差异，生活在那里的人们并不是一年四季宛如在画中，甚至有的地方生存条件十分恶劣，比如甘孜县呷拉乡笨德古村。笨德古村是甘孜县呷拉乡 9 个行政村中海拔最高的贫困村，海拔 3568 米，由于天气过于寒冷，经常停电停水，村民生活十分不便。全村共计 37 户（217 人），低保 13 户（71 人），精准扶贫建档立卡户 8 户（53 人）。村内耕地面积 805 亩，实际耕地面积 400 亩，农作物主要为青稞、土豆、碗豆，整体收入较低。该村离县城 17 公里，2019 年 9 月前，该村村委会周边公路破损严重，村民出行不便。

冲龙加是笨德古村家庭最困难的贫困户，一家 6 口人，冲龙加本人体弱多病，他的弟弟、妹妹也都基本丧失劳动能力，其弟弟有 2 个正在念书的女儿，一个大一，一个高二。全家生活是靠着国家对贫困户的相关补助和家里唯一劳动力——弟媳每月 1000 元的收入在艰难维持着，完全可以说是家徒四壁，衣食难全。

后来冲龙加因病去世，让这个不幸的家庭更是雪上加霜。

亨通积极响应党中央及省市区关于精准扶贫的号召，与笨德古村建立帮扶关系，并于 2019 年 9 月向其捐赠了御寒物资、体育用品、学习用品、IT 设备等物资，折合人民币约 12.63 万元。亨通在四川的公司（成都亨通）号召全体职工为村民捐款，筹得员工捐款共计 7192.5 元，同时捐赠现金 12.98 万元（其中 6 万用于道路维修、4 万用于集体物资购买、1.2 万用于自来水改造、1.78 万用于助学金设立），全部物资及现金总计 26.3 万元。

通过亨通的捐赠及帮扶，冲龙加一家和笨德古村的村民很快都用上了自来水，穿上暖和的羽绒服，吃穿不用愁，冲龙加弟弟的两个女儿拿到了助学金。一家人生活有了保障和希望。

目前，亨通出资维修的公路已完成修整，出资购买的牦牛也产生了良好的经济效益，已对全村村民进行分红，村民收入较上年得到较大提升。同时，该村新建成了村民活动室党建阵地 1 处、卫生室 1 间、读书室 1 间、化粪池 1 处、新建太阳能路灯 37 盏、新修和拓宽道路 1300 米，该村村容村貌焕然一新，全村通水通电，整洁干净，村民出行方便，于 2019 年年底正式退出贫困村序列。

脱贫，不是终点，它只不过是笨德古村藏族同胞迈向幸福生活的新起点。

“情系援藏亲情浓、无私援助暖人间”，在成都亨通光通信有限公司的工会办公室墙上，挂着这样一面锦旗。原来，这是成都亨通光通信有限公司听说甘孜县拖坝乡拖坝三村的村小缺少教学物资时，毅然购买了电视、摄像机等现代视听设备捐赠该校，改善了学校教学条件，得到该地区的藏族同胞的好评，他们送来了这面锦旗。

盛夏的甘孜县，格桑花开得最是艳丽，满山遍野，如火如荼，高山上的藏寨淹没在绿的树红的花中，牦牛和羊群安详地在山坡上吃着草。冲龙加的弟弟也开上了朝思暮想的篷篷车，“我活了这一把年纪，感到好日子刚刚开始，等女儿大学毕业工作后，生活就会更好了。恩人的情，我们永远不会忘记”。

5000 年前，作为中华民族最古老的成员，古羌族之一部辗转西迁，在这里汇聚成藏族的基因血脉；而另一部则逶迤东进，在中原大地成为了汉族的遥远祖先之一。同胞情，血浓于水。

徐飞华说不光甘孜筚德古村的藏族同胞对亨通的精准扶贫心存感激，还有贵州黔西南布依族者布村、云南树桔村等，不一而足。令他记忆深刻的，还有2018 年 9 月，苏北泗洪县太平镇裴南村党支部书记高新亚、第一书记顾加文来到集团，跟亨通进行了对口扶贫合作交流。其间，两位书记拿出了一封感谢信、一面锦旗，对亨通助力村庄建设表示了感谢。

“突然间的致谢，让我感到有些手足无措。感谢信上，密密麻麻地摁着红手印，以至于刚拿出来时，我还以为这是一封类似当年小岗村村民那样签下的‘秘密协议’。”

高书记很激动地跟徐飞华说：“原先村里的党员们都想过来的，想亲眼看一看帮助他们的大企业和好心人们，并当面说上一声谢谢。后来想着不能给好心人添麻烦，就委托我务必前来代为致谢。”

“徐总，你一定要多来村里看看，现在村里环境真的不一样了。”高书记的热情，让徐飞华非常感动。也因此使他回想起了援助裴南村的点点滴滴。

故事要从 2017 年讲起。

2017 年，为响应“江苏省文明单位与经济薄弱村开展‘城乡结对、文明共建’活动”的号召，亨通集团与裴南村签订协议，支持裴南村培育乡风民风、丰富文化生活、打造优美环境，提高农民文明素质和乡村文明程度。为切实将各项帮扶举措落到实处，做到“真扶贫”，徐飞华前往裴南村进行了考察。

考察的时间压得很紧，当天去当天回。一路上，凭借前几次考察的经验，徐飞华着重观察了沿线环境。下了高速，进入泗洪县后，路边多是庄稼地，极目远眺也不见多少现代化企业。最后，总计花费 5 个小时，他们才到达裴南村。

正是高书记，领他们进入了村委会的“办公场所”。

“办公场所”加引号，是有原因的，它实际上是村里租用的村民的民居，而边上的一间小平房，就是村里的卫生室。徐飞华说我们到达的时候，村委会正和村民闹纠纷——村民要把民房收回，另作他用。

2017年前的裴南村，经济基础相当薄弱，社会面貌十分落后。全村共有9个村民小组，总人口446户、2068人，耕地面积4600亩，水域面积320亩，主要经营优质稻米、小麦等传统农作物和少量水产养殖。虽然经过“十二五”期间的不懈努力，“十三五”期间仍有117户370多人难以脱贫，一直徘徊在贫困线上。当时，村里虽然费了九牛二虎之力，建了几间村部办公房，可根本满足不了日常使用，平时想组织开展支部活动，召开个动员大会、群众大会什么的，空间狭窄不够用。实在非开不可，只好选择晴好天气，以最原始的方式，席地而坐，露天开会。

一个行政村，村委会连办公场所都没有，岂不是个笑话？可这种情况就是存在于现实中。高书记则表示，村委会没有办公场所是小事，村民强烈呼吁建设的综合服务中心才是大事。因为缺少综合服务中心，党员缺少活动阵地，群众开展文化活动缺少场所，办事群众也经常要走冤枉路。希望亨通帮帮忙，把文化活动中心建起来。

回到集团后，徐飞华将情况反映给崔根良。崔根良对此高度重视，多次召集相关人员开会，反复强调帮扶工作必须做在点子上，要充分发挥亨通集团的帮扶作用，扶贫先扶志，强农先强基，帮助裴南村抓好基层建设这个关键环节。

此后，在崔根良的直接过问下，集团迅速成立了以党委副书记吴如其为组长、徐飞华为副组长的项目建设小组，负责援建裴南村综合服务中心及卫生室。“一个月内，相关事项全部敲定，我们决定将2年的扶贫款一次性使用，全力支持建设综合服务中心。”

在各方的努力下，2018年8月底，一座560平方米、具有别墅风格的综合服务中心在裴南村拔地而起，村委会从此有了正儿八经的办公场所，党员群众也有了活动空间。

徐飞华说综合服务中心建成后，高书记多次邀请我前去参观，也多次表达了想要当面致谢的意愿。他曾对我说过这么一句话："徐总，你们要是忙的话，我来看一眼就走也没关系。"想不到他真的来了，带来裴南村全体村民对亨通的深情。徐飞华说紧紧握着高书记手的那一刻，他心里也溢满感动。扶贫攻坚，不是喊喊口号，装装样子，做做宣传，而是必须脚踏实地，真抓实干，干出成效，让老百姓得到实惠，让贫困村面貌得到改善，让大家觉得日子一天天变好，生活有盼头，将来有奔头，事事有落实，件件有抓手，不是光打雷不下雨，也不是雷声大雨点小。你真做慈善，做真慈善，老百姓是有良心的，懂得感恩的。虽然亨通扶贫做慈善一直秉承崔根良"默默地做，不求回报，真金白银，能帮一把就帮一把"的主张，但裴南村的村民，还是让书记带来他们真诚的一片心意。

如今，裴南村的卫生服务中心也已启动建设，主体建筑已经施工完成，底层有配套齐全的卫生室，方便老百姓就近治疗，再也不需要动辄往五六里外的镇区医院跑了；二楼有图书室、阅览室、老年活动室、留守儿童之家，为各类人群提供了学习、娱乐、休闲的场所。高书记又多次联系我："徐总，有机会的话，记得来看看。"

在亨通慈善基金会的工作中，像裴南村一样良性互动的案例不在少数。从2007年起，崔根良积极响应江苏省委省政府"南北结对"号召，先后与苏北贫困县贫困村——泗洪县裴南村、灌云县田集村、泗阳县古墩村等六个贫困村结对，帮扶兴建村民服务中心、卫生室，为村里铺桥修路，累计投入数百万元，帮助贫困村解决村民看病难、出行难问题。随着帮扶工作的逐步深入与乡村振兴战略的稳步实施，"产业兴旺、生态宜居、乡风文明、治理有效、生活富裕"20字总要求在这些村得到很好的落实体现。

亨通还与来自西藏自治区山南市隆子县玉麦乡的爱国守边最美格桑花、全国"时代楷模"卓嘎、央宗姐妹携手结对，并分别代表所在地签署互助共建协议，开创发扬榜样力量促进东西部合作、走向共同富裕的一条新路子。还有海南、贵州等少数民族地区的扶贫攻坚“硬骨头”，都要在关键时刻冲锋陷阵，一举拿下。“民营企业是我国改革开放最大的受益者，要勇当社会责任的履行者、脱贫攻坚的实践者，帮助困难群众与全国一道进入全面小康社会。”崔根良深有感触地说，脱贫攻坚越往后难度越大，将按照中央和省委、省政府的部署，聚焦重点，加大帮扶，在参与脱贫攻坚的伟大事业中做出更大贡献。

“现下，对脱贫攻坚，我有了越来越深刻的感受：脱贫攻坚工作从来不是‘一头热’的事情，只有援助方与受助方一起努力，各项事业才能顺利开展。”

徐飞华表示脱贫攻坚工作，从来不是一帆风顺——这是我参与这项工作时就给自己打下的心理基础。

他说曾经听脱贫“同行”们讲起过一个案例：一个村庄，早年经过帮扶，顺利脱贫，然而，脱贫后，因为对致富工作的不重视，以及思想观念转变得不彻底，加之各方力量的退场，村庄迅速返贫，不久又沦落到需要帮扶的境地。

亨通的扶贫工作也遭遇过“滑铁卢”。

一个结对帮扶的村庄，亨通为他们选定了产业发展方向，生产电缆绕线用木盘，生产出来后可直接销售给亨通。厂房以及设备都由亨通建设或提供，村里只需提供劳动力。按照预期目标，工厂一年可创造的利润应当会有几十万元。

初期，项目运行还算良好，但随着时间推移，项目渐渐“变了味”，不只产出的木盘质量下降，村民的劳动积极性也越来越低。经过调查，徐飞华说我们发现产生这一现象的根源，还是在思想观念——一些村民工作时，只是应付了事，干了几个月后，拿了工资，就离岗开始“享受”，钱花光了，再回来。在脱贫致富上，他们完全是被动的，处于“要我脱贫”而非“我要脱贫”的状态。所以精准扶贫，扶贫扶志，必须两手都要硬才行。

南疆四地州是国家确定的14个集中连片特困地区之一，帕米尔高原则是南疆脱贫攻坚中最难啃的“骨头”，这里海拔高，自然环境恶劣，灾害频发，基础设施建设推进难度极大。易地扶贫搬迁，成了改变帕米尔高原牧民生活的必由之路。

阿克陶县是新疆克孜勒苏柯尔克孜自治州的深度贫困县，地处祖国西部边陲，头枕帕米尔高原东麓，脚踩塔里木盆地西缘，平均海拔4670米，以牧业为主，但全县国土面积中绝大部分是高山牧区，农区仅占3.6%，全县耕地总面积27万亩，人均耕地仅1.7亩，该县2014—2020年共有59个贫困村，是国家级贫困县。

2019年，全县建设任务1764户（其中已脱贫建档立卡贫困户394户），394户为2014—2017年扶贫系统显示为已脱贫，实际未享受安居房政策。自治区将394户列入2019年建房任务中，按照2019年相关文件要求，列入年初计划中的每户应享受补助资金4.32万元，但因此394户在系统中为已脱贫，故只能享受2.85万元。按照2019年当地建房成本计算，每平方米至少1000元，建设40平方米房屋，需至少4万元。

因394户家庭经济条件薄弱，为防止因建房返贫，减轻建房户的建房压力，解决住房安全保障问题，成都亨通在中国移动通信集团四川有限公司的倡议下参与扶贫捐赠。于2019年9月无偿捐赠帮扶资金合计5万元人民币，用于补助阿克陶县394户群众安居房建设，确保其尽快住上安全有保障的住房，助力阿克陶县脱贫攻坚工作。

阿克陶县住建局对成都亨通及四川移动的捐款制订了详细的实施方案，对394户再次精准识别最终确定380户为补助对象，县政府对捐款使用专门开了专题会议，决定给予380户每户补助0.47万元，加之政府使用自治区2020地债资金给380户每户补助的1万元，使得每户在2.85万元一般户补助标准的基础上增加了1.47万元，达到了文件规定的补助标准4.32万元，也达到了修建40平方米住房的预算标准。

目前，成都亨通及四川移动的捐款已全部发放至380户群众手中，安居房建设正在逐步推进中。2019年10月，成都亨通收到阿克陶县人民政府的荣誉证书，对他们的帮扶行为表示诚挚感谢。

在帕米尔高原深处，有许多个国家级深度贫困村需要在2020年整体脱贫，走出深山，定居平原，告别千年游牧生活。

木尔扎·朱马在昆仑佳园分得了一套80平方米的安置房。昆仑佳园不仅统一建好了住宅楼，还配套建设了幼儿园、小学、综合服务中心、商铺、文化广场等设施，从帕米尔高原阿克陶县4个山区乡镇搬迁来的牧民将在这里得到免费安置。从毡房一下子搬进楼房，木尔扎·朱马感到一阵“幸福的眩晕”，不敢相信眼前的一切是真的。

木尔扎·朱马是阿克陶县克孜勒陶乡喀拉塔什其木干村牧民，从出生起，他就随着父母，在海拔4100米的铁日孜窝孜牧业点转场游牧，度过了生命里的50个年头。“铁日孜窝孜”在柯尔克孜语中的意思是“难觅之境”。这里，距村委会30公里，年年修路年年被山洪冲毁，牧道崎岖难行。一直以来，没有电，没有路，没有通信讯号，人们过着原始的游牧生活：逐水草而居，烧牛粪取暖，靠驴马代步……

现在每天起床站在洒满阳光的大玻璃窗前，他听到的是幼儿园、小学传来孩子们的欢声笑语，看到的是综合服务中心、商铺、文化广场上的人流涌动，还有马路上来来往往跑的车；不像以前每天走出毡房，看见成群牛羊，心里才会踏实。

后来木尔扎·朱马在家附近申请了一座免费蔬菜大棚，第一次尝试种菜。刚刚从牧民“变身”农民，他显得有些无所适从，甚至什么时候浇水、施肥、灭虫，都要一项项向农业技术干部请教。看到长势还算不错的茄子豇豆，他对自己身份的转变增添了几分自信。

“以后的日子会越来越好，但新生活总要经历‘阵痛’，我相信大家都会慢慢适应。”木尔扎·朱马信心满满。

2019年，木尔扎·朱马21岁的儿子也在当地政府部门组织下，到福建的一家制鞋厂务工，每个月有3500元收入。2个月前，他给家里寄了1.5万元，这让第一次有了存款的木尔扎·朱马高兴了好一阵子。最近，他的小儿子也成为护边员，每个月有2600元的固定收入，家里捉襟见肘的日子彻底改观。

“不用烧煤取暖，用电用水都很方便，还赚钱买了新电视、洗衣机。最高兴的是，孩子们不用在深山里忍受艰苦环境。”自从2019年年底搬入丝路佳苑易地扶贫搬迁安置点，阿克陶县巴仁乡汗铁力克村牧民斯迪克江·居麦克一家迎来了崭新生活。

“原来我在200公里外的山中生活，靠放牧谋生，收入不稳定。山里天气阴晴不定，路不好，用电也不稳定。最怕的事就是生病。”斯迪克江说安置房通了水、电、暖，小区内还建有医院、幼儿园、活动中心等，生活水平比之前高了很多。

搬迁后，斯迪克江在小区开起了便民服务超市，并自学电脑知识，在超市内开设了电费代缴网点，月收入超过3000元人民币。“因为女儿在上幼儿园，我选择留在小区。也有很多人经过各种培训，在扶贫车间或外地工厂找到了工作。”

“从牧区搬进小区时，最担心的是能不能赚到钱养活自己和家人。”阿依努尔·坎吉曾是阿克陶县克孜勒陶乡的牧民，如今，她已在昆仑佳苑内服装厂实现就业。“每个月可以拿到近2000元，已经没有曾经的顾虑了。”

阿热巴仁村是新疆喀什地区疏勒县巴仁乡下辖的行政村，疏勒县位于新疆西南部，总面积2398平方公里，人多地少，贫困户缺乏稳定的收入来源，疏勒县属于深度贫困地区腹地，自然环境恶劣、经济结构单一、生产生活条件落后，是一个以维吾尔族为主体的多民族聚居区。2014 年，疏勒县建档立卡贫困人口为 3.1 万户 12.5 万人，贫困发生率为 36.76%，脱贫难度极大。为了能够让村民早日脱贫致富，根据《中共中央、国务院关于打赢脱贫攻坚战的决定》和《中共中央、国务院关于打赢脱贫攻坚三年行动的指导意见》精神，按照国务院扶贫开发领导小组安排，中国移动通信集团有限公司作为新疆维吾尔自治区喀什地区疏勒县定点扶贫单位，为促进疏勒县脱贫攻坚工作，加快帮扶点贫困村扶贫开发工作，深入贯彻落实中央脱贫攻坚决策部署，全面实施精准扶贫、精准脱贫各项举措。

沈阳亨通在中国移动通信集团山东有限公司的倡议下参与扶贫捐赠，于 2019 年 9 月无偿捐赠帮扶资金合计 5 万元人民币，用于人居环境整治项目，为 45 户农家购买沙发款进行补助，平均每户补助 1100 元，切实实现了农户拆土炕坐沙发、做饭上灶台、吃饭上饭桌、学习上书桌的生活环境改变。

麦日古丽・艾麦提坐在新买的沙发上自拍，左一张，右一张，然后发在了朋友圈。“真漂亮，家里变样了！”

“有钱，这沙发坐着看电视肯定舒服！”

麦吾兰・图尔荪：“嗨嗨嗨，跟我家买的一样啊！”

肉孜・玉素普：“想不到，连沙发也捐赠，心里又高兴，又有点不安，好好干，争取赚钱过上好日子，不让国家再为我们操心。”

最有趣的是帕提古丽・阿卜杜热伊木，她家的新沙发放在门前的枣树下，一家人在沙发上有的坐着，有的躺着，嘻嘻哈哈，兴高采烈，感觉这一家子会围着沙发跳起“亚克西”来。

除此之外，亨通还在新疆伊犁州捐资设立 100 万元的“亨通慈善助学专项基金”，资助特困高中生顺利完成学业。

2012 年 8 月，双方签订《亨通慈善基金会捐资设立亨通慈善助学专项基金协议书》，规定了双方的权利和职责。根据协议要求，自治州政府专门制定了《亨通慈善助学基金管理和实施暂行办法》，并于同年 10 月 24 日先后下发了《关于做好 2012 学年江苏省亨通慈善基金会助学专项基金实施工作通知》和《关于成立伊犁州教育局亨通慈善助学金管理实施工作领导小组的通知》。

通知规定，成立伊犁州教育局亨通慈善助学基金管理实施工作领导小组，其中州教育局局长奴尔太任组长，州教育工委副书记祁军、州教育局党组成员艾尔肯等人任副组长，州教育督导室督学赵永江、州教育局发展规划财务处处长王宁为小组成员，领导小组下设办公室。

通知还明确了该专项基金资助的原则，即坚持“公开透明、量入为出、突出重点、专款专用”，重点资助因遭受自然灾害、突发事故或重大疾病等原因造成家庭经济特困的普通高中学生。在制定的《2012 年亨通慈善基金会助学金分配方案》中，有 333 名州各市县高中生为资助对象，其中多人考入大学。现在有的毕业后已回到家乡工作，一人工作，全家脱贫。精准扶贫，教育扶贫，一扶到底，不获全胜，决不收兵。

亨通这根高科技的神奇光纤丝，与华佳桑蚕丝一样，从水乡吴江牵到了全国 14 个集中连片最穷困的乌蒙山区和南疆 4 县域，也是今年脱贫攻坚决战时刻最需要啃硬骨头的地方，两根丝代表了苏州最现代的高科技企业和最具传统文化标志的丝绸企业，在西南地区的扶贫攻坚路上，奋勇前进，只争朝夕。

第十五章

王聪花真心感谢王春花

茨营镇茨营社区茨营一村的蚕农王聪花家，83岁的婆婆坐在门口剥茧，老人家扎着头巾，几缕白发搭在耳根旁，缺了几颗牙的嘴咧着，满脸藏不住的笑意。她眼不花，手不抖，把一粒一粒雪白如鸽蛋的茧子，从竹匾里剥下，放到一个大的铝盆里。老奶奶神态那样专注，那样虔诚，心里的快乐从她满是皱纹的眼眉间漾开来。阳光真明媚，她家的东山墙上，爬满一株盛开的串串红，映亮了满屋子雪白的茧子。今年茧丰收，去年卖茧得了13万元，今年看来只会比去年更好。

王聪花弓着身体，背着孙子，在蚕房里忙着拾掇一大匾一大匾的茧。小孙子在她背上东张西望，看看这个，又看看那个，觉得祖奶奶和奶奶今天真高兴。他也咯咯地笑起来。祖奶奶看他一眼，又低头忙着剥茧，手的动作更快了，笑意在阳光下渗进了她的每一条皱纹里。

王春花开心地一会儿坐在老奶奶跟前与她聊天，一会儿又到茧房里去看那堆如小山一般的茧子，一会儿又逗弄一下背篼里背着的小孙子，脸上也漾满了笑意。

王聪花由衷地感谢华佳，感谢王春花董事长，她说是你们的到来，让我家生活好起来，一年比一年更好。

王聪花家以前的房子是土坯墙，东倒西歪，房顶上的瓦片都碎裂了，刮风下雨，屋里漏，屋外的烂泥地下不了脚。一年忙到头，温饱都不够，儿子找对象也困难。现在新盖的二层小楼房，屋场四周都是平展展的水泥地，新式家具和家用电器一样不少。娶了媳妇，添了孙子，有了存款，收入每年都有增加。这样的日子，王聪花说真的，睡着了都会笑醒。

像王聪花家这样种桑养蚕而生活富裕起来的农户，因华佳的到来，因华佳实施的科学指导养蚕技术深入到每家每户，一天比一天多起来，一户比一户富起来。两年间，茨营蚕农出现了两大新景象：一是原先运送蚕茧都是人挑牛拉，现在多了三轮电瓶车和小汽车；二是盖新楼房多了。

到年底，王春花走访农户，给养蚕技术先进农户发放奖金，与他们一起联欢庆祝。这时候王春花显得非常兴奋，非常高兴，甚至非常天真的样子。让蚕农富起来，让生活美起来，在蚕农新盖的小洋楼里，王春花心里真的乐开了花。她觉得以前吃的所有的苦、担的所有的惊、操的所有的心，都是值得的。

2016 年，华佳云南曲靖基地项目总投资近 1 亿元，计划建设面积 3000 多亩，开展规模化、集约化、机械化栽桑，工厂化、集约化、智能化养蚕，桑蚕资源综合利用、绿色循环发展，每年可以养蚕 8000 张。2017 年，在当地政府的大力支持下，华佳流转了当地农民集中连片土地，在包括日本专家等国内外大学教授、专家的技术指导下，创新蚕桑生产运营管理新模式，通过实施“公司 + 农户 + 订单农业”的模式，将种养、管理、交售实现了一体化，通过技术培训，辅导员入村到户以及引进优良蚕种，改善蚕具蚕药等措施，提高每亩桑园净产值，带动周边农民栽种桑园 25000 亩。2018 年每亩桑园净产值高达 7000 元至 10000 元，单产增加 15%。

3 年来，公司直接支付收茧资金 6795.7 万元，二次补贴 176 万元，土地租赁费 212.5 万元。78 户建档立卡贫困户直接收益 104.74 万元，带动曲靖市数万名农民脱贫致富。

曲靖市相关负责人表示，华佳来到曲靖，不仅是在投资建设，更是在以产业开展精准扶贫，华佳带动了曲靖市茨营镇及周边地区农民脱贫致富，为蚕农增收、产业增效，为当地经济发展起到了重要的产业支撑作用。

“全面建成小康社会，一个民族都不能少。近年来，多个少数民族先后实现整族脱贫，这是脱贫攻坚工作取得的重要成果。希望乡亲们把脱贫作为奔向更加美好新生活的新起点，再接再厉，继续奋斗，让日子越过越红火。”

习近平总书记的话，让王春花和王聪花的脸上都笑开了花。

2001年以来，江苏华佳集团响应国家“东桑西移”战略，探索“茧丝绸产业助推脱贫、短期帮扶资金用于救急、教育扶贫建立脱贫长效机制”三大精准扶贫模式，帮扶云南、广西、四川等地数万名农民远离贫困奔小康。

在广西象州，王春花以“公司+茧站+农户”的模式，实行订单农业模式，新建现代化缫丝厂，解决了当地600余农民的就业问题，上万农户受惠得益。

在四川凉山，华佳集团通过发放蚕种，带动当地农民3—5万亩的桑田种植。

在云南曲靖，华佳集团通过建设3000亩桑蚕示范基地，以“订单农业”的形式，与蚕农签订《蚕茧生产交售协议书》，明确了双方的权利和义务，让利蚕农，带动周边25000亩桑园，并以高于市场价10元每公斤的价格回收蚕茧。促成276户家庭脱贫，其中建档立卡贫困户有68户，带动3500户蚕农致富，助力茨营镇摘帽。

2019年华佳集团在贵州印江共建蚕桑农业产业园，助力印江农村产业革命，实现稳定脱贫。

在扶贫实践中，华佳集团逐步形成了订单式农业、种养一体“返租倒承包”、“专业化种养分离”3种产业扶贫模式。华佳首创的种养一体“返租倒承包”方式，让有能力的家庭做农场主，每户承包50亩桑田，年收入即可达到20万元。有一对夫妻承包了170亩桑田，年毛收入达100万元。

订单农业的开展，促成了“公司+蚕农+扶贫惠农”的运行模式，也使公司与蚕农组成了命运共同体，当地蚕农的蚕茧收入达到了6837.42万元，年均收入增长40%以上，不但遏制了抛桑毁桑的现象，还新增桑田4000余亩，为可持续发展奠定了基础。

在云南曲靖桑蚕集聚地，华佳集团与西南大学合作创办的丝绸蚕桑学校即将开学，这所学校为当地培养专业技术人才，也为丝绸产业健康发展提供源源不断的人才支撑，为脱贫攻坚注入持续的新动力。

水滴虽微，渐盈大器。

“我每天都在关注抗疫的进展，同时也关注着湖北的状况，捐赠20万元给武汉慈善总会，希望可以尽绵薄之力，和湖北人民、全国人民一起打赢这场硬仗。即使2020年的开头充满波折、困难，但是春夏季节注定是绚烂多彩的。为每一个拼搏中的人们点赞，有小家才有大家，有大家才有国家。”俞金键在2020年的农历正月初二，给武汉红十字会捐助20万元和1.2万个真丝口罩。“我认为做好一家企业，做好一个品牌，最应该牢记不忘初心这4个字。不管受到多少打击，面对多少挫折，都应该想想自己做品牌的初衷。创办‘桑罗’，就是要给大家带来真正高品质的产品，把一根丝‘做精、做美、做强’。既然已经一起经历了这么多，那么接下来我们还是要——共克时艰。”

女儿的坚强，让王春花心里更有底气。

穿过百桑园，一片具有苏州古典园林风格的建筑跃然眼前，四季养蚕馆、丝绸文化展览馆便坐落其中。

丝绸文化展览馆里，大幅“陆上”“海上”丝绸之路示意图将中华丝绸文化历史完整呈现；展示区里，全国8个民族的19种织机形象地诉说着丝绸发展的沿革过程；游客互动区，一幅用动画形式再现的《盛泽繁华图》，让人重温了绸都盛泽当年的风采……

这是一部绚烂的丝绸发展史。不同类型的老式织机风采依旧，从古到今的缫织工艺日益更新，江南一带的种桑养蚕，历史悠久，民风民俗自然朴实。高清投影机再现盛泽老“庄面”绸市的原始场面，繁华逼真，让人如身临其境。

当你进入工业缫丝馆，空气中，弥散着蚕丝特别的气味。一排老式的烘茧炉从 1 号到 5 号并列着。每只炉旁的墙面黑板上，分别写着不同的提示语。有的写着：防止偏老偏嫩。不禁让人回忆起 20 世纪 70 年代王春花们艰苦奋斗，土炉煮茧，徒手缫丝，不怕苦不怕累，一心为公，克勤克俭的人生历程。

“丝博园”是载体，把我国的农桑文化、丝绸文化和江南水乡文化融合在了一起，把现代企业的创新科技与传统丝绸文化结合在一起……在 5000 年的时光与色彩中，在东方丝绸与西方文明的交融中，在江南的丝绸文化和四川、广西、云南的大片桑园的连接中，“桑罗”从金鸡湖畔一直延伸到彩云之南的万亩桑园……

2018 年，中国企业“千亿天团”全国 42 家，苏州占 5 家，5 家中有 3 家在吴江，吴江 3 家中有 2 家在盛泽。一个镇 2 家“千亿天团”成员，这是什么概念！

有网友发帖，说到了盛泽，你才知道什么叫有钱。最开眼的地方是停车场，转一圈，发现找不到低于 200 万的车。

华佳从盛泽来到象州，来到茨营，又来到铜仁……随着经济的快速发展和城市化进程的不断推进，保存原有的历史文化，传承优秀的历史文脉，让绸都盛泽不仅是富甲天下的第一镇，更是 5000 年丝绸文化“中国名片”的打造地，是带动少数民族地区脱贫致富奔小康的首善地，王春花凭着一个共产党员对祖国母亲的赤子之心，做到了。

第十六章

扶贫攻坚啃最硬的骨头

一个是小桥流水的江南水乡，一个是山清水秀的黔东山城，苏州与贵州省铜仁市因东西部扶贫协作而紧紧联系在一起，也让总部位于苏州市吴江区的中国500强企业亨通集团与铜仁结下不解之缘。3年前，亨通捐资数百万元，援建铜仁希望小学，极大地改善了山区孩子们的学习条件。在扶贫攻坚战的最重要关口，亨通又来到了铜仁啃最硬的骨头。

阳春三月，来上石花看油菜花的人很多，湖南贵州的都有，偏僻的山村破天荒地堵了车。

发源于贵州云雾山的清水江，由南向北，冲开一路的层峦叠嶂，流到石花时，豁然开阔了起来，因冲积形成的大片沃土，每年的这个时候，便成了油菜花的海洋。石花，因两条河隔开三个同名却分属湘黔两省管辖的村寨而为人们所津津乐道。南岸的石花村在行政区划上由贵州省松桃县世昌街道管辖，北岸则是湖南的石花，属花垣县民乐镇管辖。上石花村在清水江西岸的山巅上，由松桃县木树乡管辖。三地山水相连，近在咫尺，同名石花，实属难得。由于地理位置独到，石花曾经是一个大集市。其时，商贩蚁集，乡民络绎，商船货船停满了码头。牛羊、苗乡盛产的桐籽、木炭等货物，通过货船或是放排，运往县城、沅陵、常德。可以想象，用圆木、竹子、粗壮的稻草结绳做成的木排，排上满载货物，顺江而下，搏激流，绕漩涡，越险滩，放排的号子声在拍岸的惊涛中滚过江面，飞越悬崖，群山与之呼应。然而，随着陆路交通的发达，集市早已荒芜，空余断垣残瓦，即使是新修的码头，也只剩一番野渡无人舟自横的怀古意象了。

唯独油菜花的盛开，让这里迎来了仿佛从历史深处穿越而来的喧闹。那种炫目的灿烂，镶着桃的妖冶、松的静穆，在朦胧的山水间铺展开一幅凡·高笔下的巨幅油画，又恰似沈从文对边城一往情深的诗意挥洒。江岸的村庄，村庄里的人们，年年岁岁，春耕夏种，秋收冬藏，生生不息，如此青山为伴，绿水相依，纵有苦难，吊脚楼火塘边几杯浊酒，梦里油菜花开又是一个春天。

2019 年 10 月 20 日，苏州市光电产业商会崔根良会长特派代表、亨通集团董事局办公室主任、亨通慈善基金会秘书长徐飞华，率商会党支部、理事会、监事会、秘书处代表一行，赴贵州省铜仁市松桃苗族自治县木树镇深度贫困村上石花村，开展结对帮扶考察活动。初秋的山野，色彩斑驳，一行人来到了没有油菜花盛开的清水江畔。

木树镇党委书记李艳，镇党委副书记、镇长龙如刚，副镇长唐根文、石张三，副镇长、上石花村脱贫攻坚指挥部指挥长、上石花村党支部书记石龙等镇、村的党政负责人陪同参加调研。

2019 年 6 月以前，作为全县贫困发生率最高的深度贫困村——木树镇石花村，现有贫困人口 68 户 317 人，贫困发生率 37.07%。贫困原因主要为产业基础薄弱，基础设施滞后，人居环境较差，群众内生动力不足等。上石花村拟于 2019 年整村脱贫出列，实现现行标准以下 68 户 317 人贫困人口全部脱贫，同步确保已脱贫的 25 户 124 人脱贫成效巩固提升。

在上石花村村委会，苏州市光电产业商会调研考察组一行与镇、村主管领导进行了深入座谈交流，进一步了解了上石花村脱贫攻坚基本情况、现有产业基础，以及对结对帮扶工作的具体想法，并与镇、村负责人一起全面分析了该村贫困发生的根源和主因，共同商议根治之道。

3天来，商会一行持续深入一线，驱车在山间、林里、地头等实地调研，先后考察了上石花村的林下养鸡、稻香鱼、花菜种植、油茶种植等场地，以及村幼儿园、村卫生站等村民公共场所，并深入孤寡老人家庭了解情况，进行座谈交流。

经过座谈交流、实地调研考察等系列现场工作，苏州市光电产业商会调研考察组一行与木树镇、上石花村达成诸多共识，一致认为“授人以鱼不如授人以渔”，只有做到短中长期相结合的产业帮扶，才能实现全村真正的稳步脱贫以及杜绝再度返贫。双方都认同“通过产业带动，培育村里造血功能，而不是输血”的产业帮扶基本思路。

就上石花村提出的具体产业帮扶设想，苏州市光电产业商会调研考察组一行表示，回苏后将进一步制订具体工作实施方案，并组织商会会长办公会进行专题确定，努力尽快启动这项对接帮扶工作，合力打赢这场扶贫攻坚战，及时补齐脱贫攻坚短板，确保如期脱贫出列。

很快，苏州市光电产业协会投入140万元，扶持木树镇石花村500亩坝区花菜项目，由石花星星种养殖专业合作社负责管理实施，并建冷库1个。精准扶贫，针对每家每户的不同情况指导增收途径，发放帮扶资金，同时特别重视提升村民的内生动力，通过整治环境卫生，改变村容村貌，激发村民精气神，让村民内生出脱贫奔向小康生活的不竭动力。

石花村麻家寨组的农户麻明聪，房子修得像别墅，家里的家电设备一应俱全，算是周边条件比较好的家庭了，按理说屋内的卫生条件也不会太差，当帮扶干部轻轻地推开大门一看，首先映入眼帘的是堆积如山的木材和摆放无序的杂物。帮扶队的队员们捋起袖管，你抬我扛，将一根根树木转移到50米外放置。1个多小时过去了，树木才搬完，紧接着整理杂物和清运垃圾。堂屋正中有一口大缸，里面装有300多斤油菜籽，一时又找不到袋子、箩筐之类的器具。最后，所有队员齐心协力才把大缸慢慢地转移到一旁摆放。

当麻明聪的父亲刚回到家时，看到宽敞、整洁的堂屋高兴得合不拢嘴，紧紧拉住攻坚队员的手说：“感谢党的好政策！感谢干部们的真心帮扶！谢谢你们了……”

在石花村上寨子、麻家寨、碧高亭、水井湾的 A 区、B 区、C 区、D1 区、D3 区、第一主干道、第二主干道、第三主干道，到处都是民政“帮扶干部”的身影。

在贫困户麻正光家中，帮扶干部们顶着烈日，忙着清扫和整理院坝、屋内堆放的垃圾和杂物，麻正光自己也拿起扫帚、铁铲打扫屋后沟渠。

一眨眼的工夫，麻正光家焕然如新。麻正光激动地说：“环境卫生了，住起来也安逸。不但要保持自家干净整洁，还要做人居环境整治的宣传员。”

特困残疾人麻老二，因双目失明，行动不便，家中的环境卫生无人打理。帮扶干部主动帮助他清理家中的脏东西。虽然麻老二看不见帮扶干部忙碌的身影，但他一直听着帮扶干部打扫卫生时发出的忙碌声音，也用心感受着这份温暖和关怀。

堂屋里，几名女队员把家里的桌椅板凳擦得干干净净且摆放整齐，就连多年一直未动的火坑也打扫得纤尘不染。

厨房里，几名女队员在清洗锅盖、灶盘、碗筷等。

卧室里，攻坚队员黄蓉正在一边擦家具，一边将房里的坛坛罐罐摆放整齐，又是叠被折衣，把破旧的杂物全部清理出来。

这一切，屋主虽然看不到，但心里能感觉到，耳朵也听得到。麻老二由衷地从心底感谢：“工作队的同志们，你们辛苦了！”

据统计，当天共清理室内外卫生 165 户，清除道路两旁杂草、泥土渣滓敷面达 6000 多米，彻底改变了石花村人居环境面貌。

为了保持环境卫生，石花村一组村民率先在小组理事会的带领下，自发出资组建“环境卫生基金会”，每家每户负责自家室内外及周边环境卫生，公共部分环境卫生则用“基金”聘请贫困户担任村组保洁员。既增加了贫困户收入，又改善了村庄环境。这样的做法迅速在周边村寨辐射开来。

走进现在的上石花村，村庄整洁，道路干净，室内窗明几净。敬酒坊、文化墙、情人坡、水井凉亭等村容村貌的提升，与周边的青山绿水融为一体，让人流连忘返，留住了乡愁，醇美了乡风。

上石花村 2019 年年底全村脱贫出列，这只是第一步，接下来亨通将携手苏州市光电企业商会，深入挖掘石花地区自然生态、历史文化、地域特色文化、民族民俗文化、传统农耕文化等资源，打造乡村旅游休闲度假区。

石花村附近有寨英村古建筑群、铜仁九龙洞、苗王城风景区、潜龙洞、响水洞等旅游景点，洞内钟乳悬挂，色彩缤纷，高而狭的通道上石笋遍布，众多的钟乳石、石幔、石花，石笋，景观奇特，别有洞天。大自然的鬼斧神工，让人浮想联翩。其实，石花是钟乳水的花状凝结物，即碳酸钙。沈括《梦溪笔谈·杂志二》:“又石穴中水，所滴皆为钟乳、殷孽。春秋分时，汲井泉则结石花。”

除天然景观外，木树镇还具有深厚的民族文化底蕴。1980 年 6 月文物普查时，曾在木树虎渡口采集到的磨光石斧及夹沙红陶片，经省博物馆鉴定为新石器时代文物，这看出木树这片土地，早在 1 万年至 4 千年前就有人类生息、繁衍。苗族绝技“上刀山、下火海”享誉全国，风靡海外，傩堂戏、花鼓戏、苗歌对唱等深受人们喜爱，流传甚广，虎渡口新石器时代文化遗址，木树汛碑以及修建于光绪年间的石龙河桥都具有旅游开发潜力。加上森林覆盖率高于 50%，是“天然大空调”“绿色大氧吧”，适合打造乡村旅游度假之地。

上石花的明天，值得我们期待。

“踏上沿河大地的那一刻，还是惊诧于典型山区沿河的贫困程度。这个地处武陵山集中连片特困地区的革命老区县，是贵州省 14 个深度贫困县之一、铜仁市唯一的深度贫困县。2014 年全县共有建档立卡贫困人口 173304 人，贫困发生率 28.28%，贫困程度之深超出想象。在我来之前的 2016 年年底，全县还有贫困人口 80487 人，贫困村 230 个（其中 50 个深度贫困村），贫困发生率 13.13%。这可真是一个难啃的深度贫困‘硬骨头’！”张家港挂职帮扶干部、沿河土家族自治县县委常委、副县长陈世海说。

今年是决战决胜脱贫攻坚收官之年。沿河是全国挂牌督战的 52 个贫困县之一、武陵山集中连片特困地区唯一未摘帽的片区县、铜仁市唯一的未摘帽贫困县。全国 2707 个未出列贫困村中铜仁市有 22 个，都在沿河。沿河也是目前江苏省对口帮扶支援地区中唯一未摘帽的贫困县，可谓全国脱贫攻坚最后的“堡垒”。

脱贫攻坚，资金投入是保障。“今年，江苏东西部扶贫协作对口帮扶张家港市级以上财政资金达 2.51 亿元，相当于沿河 2019 年度公共财政预算收入的 6 成，投向产业类、基础设施类、教育类等 73 个项目。这些资金到底有没有用到实处？ 3 月 24 日开始，连续 5 天行程 1000 多公里崎岖山路，走遍沿河 22 个乡镇（街道）；‘五一’假期又连续 4 天行程 1050 公里，途经黔渝 2 省市 5 县，走遍沿河未出列的 22 个贫困村，走山寨，看项目，问民生。大家说我用‘铁脚板’跑出了脱贫攻坚的‘加速度’，我知道，时间不等人，必须一鼓作气才能把决战决胜的红旗插上深度贫困最后堡垒，确保沿河自治县所有贫困人口在 6 月底实现‘两不愁三保障’目标，到年底实现高质量脱贫。”陈世海说，“今年年初，新冠肺炎疫情突如其来。1 月 21 日，妻子因此前膑骨粉碎性骨折，刚刚手术取下钢钉，每两天需要换一次药，过段时间还要去医院拆线。可是，形势逼人，哪里等得起！ 2 月 4 日，妻子到岳父家中生活，我在江苏省对口帮扶贵州省铜仁市工作队和 10 个区县工作组中第一个奔赴沿河疫情防控和脱贫攻坚前线。”苏州扶贫攻坚干部队伍里，像陈世海这样舍小家为大家，不怕苦不怕累，担子拣最重的挑，骨头拣最硬的啃的比比皆是。

如何带着铜仁“亲戚”携手奔小康，苏州10个板块利用自身优势“各显神通”。常熟为对口帮扶的思南县引来茶叶项目。“常熟产茶，有技术；常熟人爱喝茶，有市场。思南日照少，雨水多，无污染，也适合种茶。只要品质好，不愁销路。”常熟挂职帮扶干部、思南县委常委、副县长王晓东说，发展这个项目，常熟帮扶团队心里有底。果然，今年3月第一次采摘茶青就为村里带来20多万元的毛收入，不少原先心存疑虑的村民一下子心服口服。

“这个中秋小长假，苏州人可以吃到松桃的鸡头米了。”9月9日一早，铜仁松桃县长兴堡镇白果村，1000斤鸡头米果肉“搭”上快车前往苏州。松桃白果吉祥芡实种植专业合作社种植基地的苏州帮扶技术指导俞大弟介绍，目前白果村种植了120亩鸡头米，按今年60—70斤每亩的产量、100—120元每斤的市场价来算，每亩地产值约7000元。在鸡头米上市的季节，村民们还能有额外的收入：采，100元每天；剥，25元至30元每斤。很多人感慨：比过去种玉米红薯强多了！

“铜仁最大的资源是什么？好山好水好生态。”正是看中这一点，苏州工业园区将鸡头米种到了千里之外的大山深处。包括鸡头米在内，苏州帮助铜仁发展了若干个高附加值的农业扶贫项目。比如，相城区携手石阡县打造相城石阡共建农业产业园，总投资3200万元，规划建设彩色花卉产业园、蓝莓采摘园等；吴中区携手德江县打造吴中德江共建农业产业园，总投资3700万元，选择食用菌作为主打产业，目前已经建起3个食用菌基地……

点击打开食行生鲜、苏州银行等APP，“梵净山珍”第二天就能送到家，这已是苏州市民眼中的寻常事。从“黔货出山”到“黔货入苏”，一条高效运转的产销链让扶贫变得可感可触。

2017年，江苏省昆山市与碧江结对帮扶，派出以孙道寻为组长的昆山对口帮扶碧江工作组。昆山援碧工作组主动作为，积极谋划，与昆山旅游度假区、民宿品牌联盟“乡伴集团树蛙部落”发起打造范木溪树蛙部落精品民宿。

昆山市援碧工作组组长、碧江区委常委、副区长孙道寻说，项目采取 EPC + 0（业态运营）模式建设运营，探索“合作社主体 + 公司化运营 + 村级集体经济和农户分红”的乡村民宿扶贫模式，打造“农旅结合 + 乡村振兴”东西部扶贫协作精品示范基地。

“资金引得进”的同时，也要“产品走得出”。昆山与碧江搭建信息化平台，通过线上线下融合发展，持续推进农产品产销对接，拓宽销售渠道，做实消费扶贫。截至 2019 年年底，碧江前往各地举办农产品展销会 4 次，推销中药饮片、白水大米、羊肚菌等 1.7 亿元。

6 月 11 日，夕阳西坠，42 岁的村民万兆国，沿着石板路，逐一检查路边的灯具。

“感谢昆山帮扶，打造精品民宿，盘活荒废土地，让我在民宿就业增收，全家脱贫。”万兆国说。

万兆国全家 5 口人，范木溪原住民，种地只够填饱肚子。为了解决全家生计，他常年在外打零工，想摆脱贫穷，但事与愿违。

不仅于此。树蛙部落精品民宿落户范木溪，万兆国与村民还喜获“三金”：流转土地有租金，分红有股金，就业有薪金。万兆国激动地说：“这是做梦都没有想到的。”

打造旅游扶贫新业态，助力乡村振兴。范木溪树蛙部落精品民宿充分利用当地自用住宅或空闲房间，结合当地人文、自然景观、生态、环境资源及农林渔牧生产活动，打造集休闲、度假、户外运动等为一体的天然生态休闲养生之地，提供家庭式旅客体验乡野生活、当地风情及农业生产等活动。

授人以鱼更授人以渔。负责运营的乡伴集团树蛙部落，将定期为当地村民培训文化旅游知识、环保知识、保洁技能等岗前培训，安排村民基地就业，实现顾家、就业增收两不误。

古朴的石板路、石头堆砌的吧台、木栈道旁的石头或石块，均就地取材，均体现设计者的智慧及生态延续。“在范木溪树蛙部落精品民宿，房屋建设不用硬化土地，主要是为了保护土壤与植被，保证原生态。”孙道寻说，民宿建设坚持了“绿水青山就是金山银山”的理念，实现山林与村落、人与自然的和谐共生。

“绿水青山就是金山银山”，建设范木溪精品民宿，既要绿水青山，也要金山银山。该项目建设以乡村振兴为引领，打造贵州第一个东西帮扶的乡村示范基地，实现山村绿色突围。

脱贫攻坚，全面小康，一个都不能少。苏州历来高度重视扶贫开发工作，认真落实党中央、国务院和省委、省政府关于精准扶贫、精准脱贫战略部署，始终坚持以“人民为中心”，动员凝聚全社会力量，形成强大合力，创新机制，扎实推进，充分展现苏州水平、苏州特色、苏州情怀。

2019 年年底，沿河原有的 230 个贫困村已经出列贫困村 208 个（其中深度贫困村 40 个），未出列贫困村 22 个（深度贫困村 10 个），剩余贫困人口 2.02 万人，贫困发生率降至 3.3%。

进一步深化东西部扶贫协作，苏州市紧盯“两不愁三保障”的总目标，充分发挥民营经济发达的地方资源优势，凝聚社会组织、爱心人士、群体组织力量参与脱贫攻坚。沙钢集团、亨通集团、雅鹿集团等 12 家重点民营企业（商会）与沿河 12 个未出列贫困村签订结对帮扶协议，并向 12 个未出列贫困村捐赠 120 万元帮扶资金，每村 10 万元。

“今年我们计划 6 月底前对村组道路进行硬化，资金没有来源。”高山村脱贫攻坚指挥长谯政勇说，亨通集团结对帮扶的高山村，位于沿河自治县思渠镇西北部，交通非常不便，没有支撑产业，属于一类贫困村。“不久前，江苏东西部扶贫协作资金给我们安排了200万，今天亨通集团又捐了10万，一下子帮我们解决了资金难题。”

据统计，2017年以来，包括民营企业、商会在内的江苏社会各界累计捐赠沿河款物1704万元，采购、销售沿河农特产品868万元，吸纳233个沿河贫困劳动力在昆山、张家港等东部城市稳定就业。

高山村位于乌江岸边，与镇政府隔江相望，其他3面都属重庆地界，海拔1000多米的崇山峻岭将高山村环抱其中，剩下西面是百米高的山崖，乌江水自南向北滚滚流向长江。是铜仁市最后一个通电的村。“如果不是两次来到高山村，实在想象不出这里条件是这样艰苦。”徐飞华说这些年虽然走过许多贫困的地方，仍然被高山村的情况震惊。

这个总人口只有714人的小村，虽然今年脱贫任务只有7户17人，但艰巨程度却异乎寻常。今年，安排东西部扶贫协作资金200万元，新开挖及硬化通组路3.5公里、入户路5.3公里，帮助村里打通道路最后的“堵点”。

中午时分，在和平街道高山村的一处山坳间，30多名干部、群众一起在经果林下套种辣椒苗。放眼望去，大家沿着黑色地膜打孔、插苗、覆土，到处都是躬耕劳作的身影。

“今天太阳有点大，膜内温度高，辣椒苗不能挨薄膜太近；株距保持45至50厘米，深度最好2到3厘米；定根水一会儿再浇……”来自县农业农村局的技术人员，耐心地给大家讲解移栽注意事项。

高山村村支书崔德武一边干活，一边气喘吁吁地说，辣椒种植是全县今年重点扶持的“短平快”产业，统一供苗、保底收购，只要栽好了就不担心效益。

茄子、哈密瓜、葡萄、各种颜色的小番茄……这个夏天，铜仁沿河县思渠镇高山村的蔬果基地硕果累累。一个个大棚看过去，几乎让人误以为身处气候宜人的江南，但这里其实是贵州石漠化山区里的一个深度贫困村。“这1年多，村里的变化比过去10年都大！”在亨通精准扶贫，稳扎稳打，一个点也不漏，一户也不放过的高效助推下，高山村终于高质量地脱贫了。

2019年，张家港市又在沿河县捐建了两座24小时图书馆，根据当地实际情况，将志愿服务工作站的功能嵌入了这两个图书馆，图书馆同时也是宣传新时代中国特色社会主义思想和社会主义核心价值观的窗口，因此被命名为“24小时新时代文明实践驿站”。

“24小时土家书房”位于沿河县民族文化广场，建筑面积26.25平方米，藏书3000册；位于县政府广场的“24小时新时代文明实践驿站”建筑面积60平方米，藏书4100册；位于民族风情街的“24小时新时代文明实践驿站”建筑面积40平方米，藏书3100册。

截至2020年4月30日，已经正式运行的24小时书房和新时代文明实践驿站新增文化志愿者41人，设计并实施文化志愿服务项目5个，收集市民需求82条，参加文化志愿服务450余人次，服务总时长5436小时，惠及市民1800人次；注册读者总数4836人，其中建档立卡贫困人口351人，接待读者96157人次，沿河城区共有常住人口17万余人，相当于人均利用驿站0.56次；外借图书18048册次，总藏书9000册，平均每册图书外借2次。

2020年5月21日，两个易地扶贫搬迁安置点24小时新时代文明实践驿站和1个新时代文明实践志愿服务指导中心在沿河县启用，“志愿沿河”网同步运行。这是张家港市送给沿河广大群众的又一“文化大礼”。

2个易地扶贫搬迁安置点24小时新时代文明实践驿站分别位于官舟镇和舟社区和思州B区黄板社区，面积分别为95平方米、130平方米，藏书各5000册，都采用智能管理24小时开放。2个安置点共有易地扶贫搬迁人口10229人，3—16周岁学生2875人。两个安置点周边共有5所学校，学生8923人。24小时新时代文明实践驿站和新时代文明实践志愿服务指导中心同时也是校外教育基地，在为安置点居民服务的同时，重点为安置点及周边学校学生提供服务。

驿站内开辟了专门的儿童阅读区，还安装了供孩子们涂鸦的黑板，墙上贴着社会主义核心价值观的儿童版宣传画；在成人阅读区的墙上，贴着一排“时代楷模”的肖像和简介，用手机扫描二维码，则可进入中国文明网阅读他们的详细故事。社区书记李晓婵自豪地说，这么高大上的“社区配套设施”，引来了很多同行的“羡慕嫉妒恨”。

脱贫不仅富口袋，还要富脑袋，只有脑袋富了，口袋才不会永远瘪下去。

20 世纪 90 年代以来，苏州市连续实施了多轮扶贫开发行动。全市对内扶贫工作，以积极开展集体经济薄弱村转化、对低收入等困难群体实施精准帮扶为两大重点，在精准帮扶、精准脱贫上下硬功，真扶贫，扶真贫，不断提高人民群众的获得感、幸福感；全市对口扶贫协作包括东西部扶贫协作、对口支援、江苏省内南北挂钩合作、江苏沿海开发等，苏州对口扶贫协作用心用情用力，为全省、全国扶贫工作贡献苏州力量。据不完全统计，到 2018 年年底，援助云阳的项目数为 74 个、林周县为 123 个、榆林为 450 个、宿迁为 1357 个、新疆为 322 个。从农牧民人均收入来看，增速史无前例。云阳由两市结对的 1994 年的 793 元，增长到 2016 年的 9982 元，增长近 12 倍。林周由两市结对的 1995 年的 862 元，增长到 2018 年的 12666 元，增长近 13.69 倍。陕西榆林由两市结对的 1997 年的 936 元，增长到 2016 年的 10582 元，同样增长近 10.3 倍。阿图什由结对的 2011 年的 2670 元，增长到 2018 年的 8812 元。宿迁由 2002 年的 3071 元，增长到 2018 年的 16639 元，增长近 4.42 倍。综合各类因素，收入的增长得益于全力推进当地的经济快速发展。

习近平总书记说：“打赢脱贫攻坚战，中华民族千百年来存在的绝对贫困问题，将在我们这一代人的手里历史性地得到解决。这是我们人生之大幸。”

苏州作为经济发达地区，全面落实中央的战略部署，把扶贫攻坚当作一项政治责任和义务，讲大局，比贡献，努力发扬风格，从“输血”到“造血”，精准扶贫，敢于和善于啃最硬的骨头，使少数民族地区贫困村定点定时精准脱贫，促进共同发展和富裕，让少数民族同胞也享受到改革发展的成果，体会到祖国大家庭的温暖。苏州的两根丝——亨通和华佳，一根是“大国重器”的光纤丝，一根是代表华夏5000年文明的桑蚕丝，两根丝交织，连接一片民族情，绘就一幅中华民族大家庭小康之路我们大家一起走的动人画卷。

图书在版编目（CIP）数据

两根丝连接一片民族情 / 唐晓玲著 . -- 北京：作家出版社，2020.9

（脱贫攻坚题材报告文学创作工程）

ISBN 978 - 7 - 5212 - 1096 - 5

Ⅰ. ①两… Ⅱ. ①唐… Ⅲ. ①报告文学 - 中国 - 当代 Ⅳ. ①I25

中国版本图书馆 CIP 数据核字（2020）第 153850 号

两根丝连接一片民族情

作　　者：唐晓玲
责任编辑：史佳丽　李亚梓
装帧设计：意匠文化 · 丁奔亮
出版发行：作家出版社有限公司
社　　址：北京农展馆南里 10 号　　　**邮　　编**：100125
电话传真：86 - 10 - 65067186（发行中心及邮购部）
86 - 10 - 65004079（总编室）
E - mail: zuojia@zuojia. net. cn
http: // www. zuojiachubanshe.com
印　　刷：北京玺诚印务有限公司
成品尺寸：170 × 240
字　　数：138 千
印　　张：10.5
版　　次：2020 年 9 月第 1 版
印　　次：2020 年 9 月第 1 次印刷
ISBN 978 - 7 - 5212 - 1096 - 5
定　　价：38.00 元
